KB105119

# 마스터 K 16

김광수 현대 판타지 장편 소설

초판 1쇄 찍은 날 § 2013년 11월 25일
초판 1쇄 펴낸 날 § 2013년 12월 2일

지은이 § 김광수
펴낸이 § 서경석

편집부장 § 권태완
편집책임 § 어정원

펴낸곳 § 도서출판 청어람
등록번호 § 제1081-1-89호
등록일자 § 1999. 5. 31
어람번호 § 제1-1718호

주소 § 경기도 부천시 원미구 심곡2동 163-2 서경B/D 3F (우) 420—822
전화 § 032-656-4452  팩스 § 032-656-4453
http://www.chungeoram.com
E-mail § chungeorambook@daum.net

ⓒ 김광수, 2012

ISBN 978-89-251-3576-2 04810
ISBN 978-89-251-3073-6 (세트)

마스터 K

16

김광수 현대 판타지 장편 소설

FUSION FANTASTIC STORY

# CONTENTS

제1장

뜨거운 데낄라

제시카.

레몬과 소금을 자신의 손등에 발라놓았던 그녀.

붉고 건강한 혀를 쭉 빼더니 사라락 핥는다.

혀끝은 손등에 아슬아슬하게 닿아 있고 그 와중에도 유혹적으로 치뜬 눈동자는 나를 향해 있다.

성성한 젊음을 소유하고 있는 인간 청년을 후려치려는 구미호의 상큼한 유혹.

씨익.

나는 정확하게 제시카의 두 눈을 맞추고 잔을 들어 다시

한 번 건배를 권했다.

꿀꺽.

그리고 단숨에 독한 위스키를 목구멍에 털어 넣었다.

'크음.'

대번에 목젖을 타고 내려가며 짜르르한 자극을 전하는 알코올 기운.

화르르르.

뜨거운 화기가 위장을 한 바퀴 돈 후 식도를 타고 다시 치솟아 올랐다.

'정신 차려야지. 자칫 사고 치겠어.'

아무리 봐도 오늘 잘못하면 대형사건 칠 분위기였다.

대놓고 이렇게 처절한 모습으로 유혹해 올 것이라고는 생각지 않았다.

다만 그간 3년이라는 시간이 흘렀고 좀 더 적극적으로 나를 유혹할 거라고만 짐작했다.

미국에서 술 한잔하자는 인사가 단지 술만 한잔 나누자는 얘기가 아니라는 것은 나도 알고 있었다.

제시카가 나에게 한잔하자고 할 때는 남녀상열지사를 불태워 보자는 제안.

음주가 가능한 때인만큼 떡 본 김에 제사 지낸다고 한국에 온 김에 작업(?)을 개시하려는 것 같았다.

"민, 기대돼요."

"뭐가 말입니까?"

"당신은 분명 스타가 될 거예요. 제시카 로엘, 이름을 걸고 확신해요."

"고맙습니다."

'최대한 침착하게 하자고.'

눈빛에서부터 입술 끝까지 농염함이 철철 넘치고 있는 제시카.

대단한 유혹을 발산하는 그녀 앞에서 나 자신을 지켜내고 있는 모습이 스스로가 봐도 기특했다.

"한 잔 더할까요?"

'한 잔 더?'

나는 말없이 잔을 더 권하는 제시카를 바라보았다.

아무래도 이제야 청소년 티를 벗은 나를 술 몇 잔으로 녹여볼 생각인 듯했다.

나야 상관없지만 40도 이상의 도수를 자랑하는 데낄라에 이미 제시카의 얼굴은 보기 좋게 붉어져 있었다.

왜 남녀가 좀 더 진도를 빼기 위해서 술자리를 만드는지 짐작되었다.

뽀얗게 분칠을 한 제시카의 얼굴이 붉어지자 더 요염하게 보였다.

제시카가 현재 나에게 보내고 있는 시선은 그야말로 매혹적인 붉은 장미의 빛깔과 흡사했다.

손끝만 서로 스쳐도 모든 것이 끝날 것 같은 그런 분위기다.

"민아~!"

'……!!'

제시카의 눈을 응시하고 있던 그 순간,

갑자기 뒤에서 익숙한 여인의 목소리가 들려왔다.

본능적으로 고개가 돌아갔다.

"어! 아람 누나~!"


'하필.'

제시카의 인상이 굳어졌다.

불과 몇 초 전까지만 해도 분위기 좋았다.

미국에서는 현재 강민의 나이론 동석해 술을 마실 수 없다.

다행히 이곳은 한국.

머무는 동안 제대로 마음먹고 강민을 유혹할 작정이었다.

아직은 한국에 머물고 있어 그 진가를 확인시킬 수 없지만 미국에 도착하면 대박을 치고도 남을 슈퍼스타 감이다.

동양인 같지 않은 신장과 잘생긴 외모.

능숙한 외국어 구사 능력과 매너까지 겸비한 강민의 가치를 제시카는 익히 봐와 잘 알고 있었다.

더욱이 팔팔하고 절제력 약한 청소년기에도 제시카의 유혹을 뿌리쳤던 남자다.

사실 처음에는 여자로서 자존심도 상했던 제시카.

소녀에서 성숙한 여성이 되고 난 이후 단 한 번도 실패한 적이 없었던 남자 사냥에 치명적이 오점이 되었다.

그러나 기분 나빴던 것은 잠시.

지금 눈앞에 있는 남자는 진한 유혹을 넘겼다.

그래서 더 애가 타는지도 모른다.

그러나 오늘도 실패로 돌아갔다.

결정적 순간에 나타난 방해자.

"여기서 뭐해?"

"보면 몰라? 술 마시지."

"어머~ 우리 민이 많이 컸네!"

귓바퀴를 간질이며 간드러지게 애교를 섞은 여성의 목소리.

거의 화장기가 없는 얼굴의 민낯임에도 봐줄 만한 외모의 여성이었다.

"민, 누구… 죠?

제시카는 깨진 분위기에도 내색하지 않고 강민에게 물었
다.

"아, 조국일보 기자예요. 아는 누나~"

"아~ 기자시군요. 반가워요, 제시카 로엘이에요."

그제야 별로 상관할 대상이 아님에 한결 편안해진 목소
리로 인사를 건넸다.

"만나서 반가워요, 제시카."

쿨하게 인사를 하는 제시카에게 살짝 고개를 숙이며 정
아람이 인사를 받았다.

파바밧.

짧은 순간 제시카와 정아람 사이에 주고받는 시선에서
스파크가 튀었다.

"절 아시나요?"

"그럼요! 몬스터 류를 스카웃했던 그 유명한 여성 아닌가
요?"

"후훗! 최대한 조용히 처리했는데… 기자 분들은 다르군
요."

정아람이 먼저 제시카를 알아봤다.

스포츠 기자들 쪽에서는 제시카를 모르는 사람이 거의
없었다.

싹수부터 알아보고 스타가 될 만한 재목을 어떻게든 골

라내는 안목만은 인정받고 있는 인물이다.

최대한 평범한 외국인 여성처럼 보이기 위해 행동하고 있었지만 촉수를 세우고 기삿거리를 찾는 일에 사명감을 갖고 있는 정아람은 피해 갈 수 없었다.

'완전 웃으면서 여우 짓이네?'

정아람은 능수능란하게 순간을 대처하는 제시카의 모습을 놓치지 않았다.

"워낙 실력이 좋으시잖아요. 류를 스카우트한 것을 보면 소문이 맞는 거겠죠."

'민중에 잉크도 안 마른 애를 데리고 술을 마셔? 서양 것(?)들은 하여간……. 뭐야, 데낄라잖아? 봐라, 봐라. 저 옷 꼬라지 하고는…….'

입가에 미소를 띤 채 살짝 눈웃음을 짓고 있었지만 정아람도 제시카의 모든 것을 스캔하고 있었다.

그 이면에는 화르르 불길을 키우고 있는 질투심이 고개를 들고 있었다.

이 자리까지 얼굴을 들고 찾아오는 게 쉽지만은 않았다.

서울 바닥에 나타나서도 연락 한 통 없었던 강민.

서운했던 것도 지금 상황에 비하면 아무것도 아니었다.

하필 함께하고 있는 여성이 스타 제조기로 이름을 알린 제시카 로엘.

본래 목적은 취재였지만 정아람이 강민에게 품고 있던 흑심이 쉽게 이 순간을 용납하지 못하고 있었다.

"이번 물건은 강민인가요?"

"네?"

정아람은 단도직입적으로 제시카를 향해 질문했다.

"제가 너무 세게 던졌나요? 류보다 더 매력적인 상품인 건 맞잖아요."

제시카의 눈동자가 살짝 흔들렸다.

정아람은 그 순간을 놓치지 않았다.

"누구예요? 황금알을 낳는 거위를 통째로 안고 갈 구단 말이에요."

개인적인 감정 정리는 이 순간이 지난 후에도 가능했다.

현실은 목구멍이 포도청이라고 기자의 본문을 잃어버려서는 안 되는 법.

"그건 아직 기밀이에요."

"그래요?"

아직 결정된 게 없는 것처럼 보였다.

그렇다면 진행 중일 거라 짐작한 정아람은 강민의 어깨 위에 자연스럽게 손을 올렸다.

"민아……."

'아, 얼마 만인가, 이 느낌.'

단단한 강민의 어깨 근육이 손바닥에 느껴졌다.

"……??"

꼭 피부 접촉이 아니어도 사람의 감정은 전달되게 돼 있다.

정아람은 속내를 감춘 채 일적인 관계로써 강민을 대하고 있다는 태도를 보였다.

"계약하면 이 누나에게 가장 먼저 알려주기! 잊지 마~ 임마~ 너 아플 때 이 누나가 잠도 설쳐가며 너 간호해 줬던 거 잊은 건 아니겠지?"

"하하하, 알겠습니다. 어떻게 잊어요~ 절대~ 못 잊죠."

환하게 웃음을 띠며 대답하는 강민.

아무 상관 없는 사이라도 해도 강민의 해맑은 웃음을 마주하고 있다 보면 없던 감정도 생길 수밖에 없었다.

정아람은 자신도 모르게 강민의 어깨 위에 올려놓은 손을 거두었다.

"어, 어, 그래. 꼭 약속하는 거다!"

"네, 어려운 일도 아닌데요 뭐."

"그렇지? 역시 넌 착한 동생이야!"

강민과 정아람의 대화를 듣고 있던 제시카의 눈빛이 달라졌다.

"민~ 이런 중요한 계약 사항은 국내외 기자들을 한자리에 불러놓고 발표하는 거예요."

제시카의 말이 맞았다.

동네 야구단 입단이 아니었다.

강민은 그야말로 지금 신세계로 가는 티켓을 거머쥐는 엄청난 계약을 앞두고 있었다.

그럼에도 불구하고 조국일보의 여 기자 한 명에게 기사를 주려는 것이다.

홍보는 계약하는 순간부터 이행되는 걸로 보는 제시카의 계획에 착오가 생기게 된다.

"싫습니다."

"제시카, 민이가 싫다잖아요~ 호호호호, 역시 누나를 실망시키지 않는구나?"

제시카는 속내를 감추고 충고를 했다.

그러나 가볍게 강민으로부터 묵살당했다.

그 모습에 정아람은 속으로 쾌재를 불렀다.

온갖 교태로 강민을 유혹하고 있었던 제시카.

아직 강민이 그녀에게 넘어가지 않았음을 확신한 정아람은 회심의 미소를 지었다.

'그래, 민아, 남자는 지조가 있어야 하는 거야. 호호호.'

자리가 자리이니만큼 정아람은 속내를 드러낼 수 없었지만 강민에 대한 호감지수는 급상승했다.

성별이 여자이긴 했지만 제시카와 같은 미모의 여성에게 넘어가지 않을 남자는 거의 없어 보였다.

자신이 남자였다 해도 장담할 수 없었을 것이다.

그런 사실은 지금 제시카를 앞에 두고 직접 눈으로 확인하고 있었다.

웬만한 남자도 그녀 앞에서 못 배길 만했다.

"제시카, 계약 건에 관한 것은 위임을 했지만 내가 싫은 건 분명하게 말할 겁니다. 그게 서로의 관계에 있어서도 나을 겁니다."

아직 사회 초년생이나 마찬가지였지만 자기 소신만큼은 확실한 강민.

강민의 단호한 말에 제시카 역시 살짝 뒤로 한발 물러서는 눈치다.

"알겠어요, 민이 뜻대로 해요."

최대한 강민의 말에 대꾸를 할 때는 얼굴을 찌푸리는 일이 없었다.

입가에 부드러운 미소를 지으며 최고의 고객을 대하듯 했다.

"오늘 얘기는 다 마무리된 건가요?"

"네, 아쉽게도 그렇네요."

제시카는 강민의 물음에 서운함을 직접적으로 드러내며

대답했다.

"민아! 우리 그럼 자리 옮겨서 얘기 좀 하자."

순간의 기회를 놓치지 않고 강민의 팔을 붙잡는 정아람.

"그럴까요? 마침 누나에게 물어볼 것도 있었는데."

제시카와 마주앉아 있을 때보다 한결 부드러워진 강민의 말투.

전혀 각을 잡거나 긴장된 모습을 보이지 않았다.

"제시카, 연락 주세요. 찍힌 번호가 제 번호니까요."

"그래요, 민. 내일 아침에 전화할게요. 여권이 준비 중이에요. 내일쯤 서류 갖고 만나요."

웬만큼 필요한 정보들은 제시카에게 넘겨준 강민.

제시카가 미국에 들어가는 순간까지 모든 것을 케어해 줄 것이다.

"편안한 밤 되십시오. 그럼……."

정아람을 대하는 것과는 사뭇 달라 보이는 강민의 태도.

사무적으로 대하는 것이 눈에 띄었다.

짧게 고개를 숙여 보이고는 곧장 뒤돌아서는 강민.

"로엘 양, 그럼 저도 다음에 기회가 되면 또!"

강민 쟁탈전에서 승리자의 모습을 띠는 정아람.

대놓고 오늘의 승리를 만끽하는 듯 의기양양하게 미소를 가득 머금고 제시카에게 굿바이 인사를 했다.

"최고의 상품이니 잘 부탁해요."

강민의 팔을 붙들고 함께 돌아서는 정아람을 향해 담담하게 말을 건네는 제시카.

입가에 번지는 미소가 현재 제시카의 심리를 짐작하기 어렵게 했다.

일부러 애써 괜찮은 척하는 것이라고 생각한 정아람은 보란 듯이 제시카를 돌아보면서 다시 한 번 활짝 미소 지었다.

사락.

그리고 한쪽 팔을 붙들고 있던 손을 거두고 강민의 팔에 더 깊게 걸었다.

제시카의 눈에 돌아서는 뒷모습만 봐서는 연인 사이 같아 보이는 두 사람의 모습.

하지만 의연하게 끝까지 그들의 사라지는 모습을 지켜보았다.

"이런 느낌… 오랜만이네……."

시간을 되짚어 보면 이렇게 남자가 제시카만 혼자 남겨 두고 가버린 건 꽤 오랜만이었다.

처음 미국으로 들어가서 얼마 동안은 대시도 많았다.

하지만 너무 집적거리며 대시를 해오는 남성들이 거슬렸고 일도 많았다.

처음에는 귀찮아서 거절만 했던 제시카.

3년 전의 상황이 다시 되풀이되는 순간이다.

오늘만큼은 그때와 결코 다를 거라고 생각하고 이 자리에 나왔다.

그러나 보기 좋게 거절당한 제시카.

"…매력이 없어진 거야?"

한때 어떤 자리든 제시카의 모습만 나타나도 남성들의 시선이 한곳으로 쏠렸었다.

제시카는 살짝 실망한 채 자신의 옷차림과 몸맵시를 살폈다.

아직은 자신이 봐도 눈부시게 탄력 있고 아름다운 바디다.

고개를 든 제시카는 주변을 한 번 훑었다.

그 어떤 여성에게 견주어도 뒤지지 않는 매혹적인 자태를 자랑할 만했다.

"실례합니다. 결례가 되지 않는다면 같이 한잔하시겠습니까?"

그때였다.

제시카의 등 뒤쪽에서 한 남성이 말을 걸어왔다.

강민이 앞에 앉아 있는 동안에도 계속해서 느껴지던 그 시선의 주인공인 듯했다.

제시카는 살짝 몸을 돌렸다.

거의 영화의 한 장면처럼 느린 속도로 돌아보는 제시카.

충분히 아름다웠다.

눈앞에는 제법 외모가 준수한 삼십대 초반으로 보이는 남성이 서 있었다.

발음이 꽤 좋은 영어를 구사했다.

입가에는 살짝 질 떨어지는 듯한 미소가 걸려 있었다.

앞에 있던 강민이 정아람과 빠져나가는 것을 확인한 후 작업을 해온 것.

누구라고 해도 바에 혼자 앉아 있는 미모의 여성을 그냥 두고 볼 리는 없었다.

제시카의 주변이 텅 비어 있는 것을 보자마자 부리나케 대시한 것이다.

바에 앉아 있던 싱글 남성들 모두가 제시카에게 대시를 하고 싶은 심정일 텐데 용기있는 남성이 한 사람뿐이었다.

단지 군침만 삼키고 있었다.

"어쩌죠? 기분도 별로인 데다 지금 상당한 결례를 범하고 있는 것 같은데⋯⋯."

나름 자부심을 느끼며 제시카 앞에 당당히 서 있던 남성.

차가운 미소를 보이며 냉정하게 거절하는 제시카의 태도에 순간 당황했다.

온갖 상상을 다 하며 제시카에게 한 잔 술을 권했던 남자의 가슴에 비수가 꽉꽉 꽂히는 것을 바라보는 바의 다른 싱글 남성들.

관심없는 척 고개를 돌렸지만 자신들이 아닌 것을 다행으로 생각했다.

"아! 죄, 죄송합니다."

어쩔 줄 몰라 하는 남성.

급히 몸을 돌려 자신의 처음 자리로 돌아갔다.

"왜 강민은 끄덕도 하지 않는 거야."

도대체 취향을 짐작할 수 없는 강민.

제시카는 강민에 대한 아쉬움에 두 사람이 사라진 문 쪽으로 시선을 돌렸다.

강민의 체취도 사라진 지금.

뒤도 돌아보지 않고 문을 빠져나간 강민이 제시카의 지금 심정을 알 리 없었다.

매정하기 이를 데 없는 남자였다.

휙.

바텐더가 다시 잔을 채워놓았다.

제시카는 데낄라를 한 호흡에 털어 넣었다.

꿀꺽.

"흐음."

짧은 신음이 제시카의 콧구멍을 타고 밖으로 새어나왔
다.

알코올이 전해주는 무한 감동을 온몸으로 즐기는 제시카
로엘.

이런 날은 안주 따위도 필요없었다.

화르르.

독한 알코올 기운이 제시카의 온몸을 휘돌았다.

아무리 독한 술을 마셔도 갈증을 일으키는 근원적 괴로
움.

"한 잔 더 주세요."

바텐더를 향해 데낄라 스트레이트를 한 잔 더 요구하는
제시카.

웬만한 여성은 소화하기 어려운 독주를 마시고 있음에도
두 눈동자에는 취기는커녕 더욱 또렷해지고 있었다.

"기다려, 내가 갖고 말 테니까……."

겪으면 겪을수록 매력적인 강민.

매달리는 남자들보다 더 강민에게 끌리는 것은 본능 같
은 것이었다.

치밀어 오르는 감정을 주체하기 힘든 제시카.

"하아……."

지금 당장 가질 수 없기 때문에 더욱 화기가 치솟는 듯했다.

그것이 강민에 갖고 있는 호감과 뒤섞이며 짜증을 불러일으켰다.

눈을 뜬 채 이대로 아침을 맞는 것이 한결 쉬울 것 같은 느낌.

내일 아침을 맞기까지 너무 긴 시간이 남아 있었다.

제2장
사랑받기 합당한 존재

"무슨 소리야? 강동파까지 움직였다고?"

"네!"

"달수파도 합세했다고 했잖아."

"그렇습니다. 강동파까지 움직이면서 행동이 빨라지고 있습니다."

"허허, 뭐야, 어린 녀석이 그 정도로 무서웠다는 말인가."

"자존심 때문입니다. 밑에 멋모르는 잔챙이들 사이에서는 강민이 거의 전설적 주먹으로까지 불리고 있습니다."

"전설의 주먹? 거 부럽군. 명색이 보스인 나도 그 정도 말은 들어보질 못했어."

"회장님……."

언제나 점잖은 품격을 고수하는 이영식 회장의 농담에 그를 존경하고 따르는 김 부장이 순간 당황했다.

대한민국에 평화를 가져오기 위해 자처해 조직의 두목이 된 이영식.

강남 한쪽을 점유하고 다스렸지만 절대 일반인들을 상대로 피해를 주는 일은 하지 않았다.

사업을 통해 정당하게 돈을 벌었고 그 재력으로 복지회까지 운영하고 있는 시대의 성인이나 다름없는 인물이 이영식 회장이다.

그런 그가 아직 어린 고등학생을 부러워한다는 게 말이 되지 않았다.

"하하, 농담이야. 그렇게 정색하고 나를 보면 내가 무안하지 않나."

"농담이라도 그런 말씀 마십시오, 회장님."

부장 김기호는 경직된 얼굴을 풀었다.

"회장님은 그 어떤 누구와도 비교할 수 없는 분이십니다."

이영식 회장에게 갖고 있는 김기호의 존경심은 저 깊은

곳으로부터 우러나오고 있었다.

"그런 말 말게. 내 살아오면서 남모르게 부끄러운 일 많
이 했지."

이영식 회장은 김기호의 마음을 잘 알고 있었다.

그 마음을 잘 알고 있는 만큼 자신의 인생을 좀 더 겸허
하게 받아들이는 것도 잊지 않았다.

"…자네나 되니 나를 그리 봐주지, 세상 사람들 눈에 나
는 그냥 깡패 두목일 뿐이야. 그게 사실 맞기도 하고……."

그러나 이영식은 현재 자신의 삶을 부끄러워하지는 않았
다.

이영식 회장이 강남의 한 자락을 잡고 있기 때문에 현재
강남에 평화가 유지되고 있었다.

눈에는 보이지 않지만 균형을 잡고 있는 조직들 간의 관
계.

그로 인해 대한민국 내 모든 조직 세계의 평화가 유지되
고 있는 것이다.

그 중심에 이영식 회장이 있다.

"상관없습니다. 세상 사람들이 회장님 말씀처럼 생각한
다 해도 말입니다."

김기호는 자신의 신념이 뚜렷했다.

물론 그 점을 이 회장이 높이 산 바도 있었다.

"회장님은 제가 잘 압니다. 그런 저에게까지 그렇게 말씀 하지는 말아주십시오."

이 회장의 말에도 묻어가는 바 없이 의사를 분명히 하는 김기호.

말은 따로 하지 않았지만 그런 김기호가 이 회장은 고마 웠다.

김기호 역시 자신의 신변과 집안 위기 때마다 가장 먼저 걱정하고 해결해 준 이 회장에 대한 충정을 보여야 한다고 생각했다.

"허허, 알았네, 알았어. 내가 미안하이. 우리 김 부장 심 기를 불편하게 한 것 같군."

그새 김기호의 안색이 몇 번 바뀌는 것을 보고 그만 농담 을 멈춰야겠다 생각한 이영식 회장.

미안하다는 말로 말꼬리를 잘랐지만 여전히 얼굴에는 한 없이 자상한 미소가 번져 있었다.

"김 부장, 그 친구를 한번 만나봐야겠네."

"네? 강민 말씀이십니까?"

"그래. 어떻게 생각하나. 내 보기엔 대한민국에 꼭 필요 한 큰 인재 같은데 말일세."

"……."

"너무 위험해. 뒤에서 돕는 것도 한계가 있으니… 한 번 불러서 몸조심하라고 직접 일러줘야겠어."

김기호는 선뜻 대답을 하지 못하고 있었다.

"왜 아무 말이 없는 건가."

"괜히 다른 조직을 자극하는 게 아닌가 싶습니다. 지난 3년 동안 꽤 세력을 강화해 놓은 상태입니다. 우리는 과거와 전혀 달라진 게 없고 말입니다."

머릿수만으로는 한참 타 조직의 규모에 밀리는 사철파.

질적으로 수뇌부들을 주로 해 조직을 개편해 놓은 사철파였다.

내외적으로 머릿수로 부딪히는 문제가 발생하면 골치 아픈 상황이 벌어질 수도 있었다.

규모를 확장해 가는 다른 세력들과 사철파의 경영 방식은 차이가 있었다.

외형 확장에 힘을 쏟기보다 실질적 사회 기여에 신경을 쓰다 보니 당연한 결과였다.

"김 부장, 잊었나. 우리도 조직이야. 조직이 깡패 무서워서 일 못한다면 이 사업 접어야지."

"……."

김기호의 우려 섞인 대답에 이 회장이 뼈있는 말을 뱉었다.

"한번 데려와. 밥 한 끼 하고 싶어."

"알겠습니다."

더 이상 이영식 회장의 말에 토를 달지 않는 김기호.

이 정도면 말귀를 알아들어야 했다.

"오성그룹 쪽에 관련되어 있다고 하니까 정중히 모셔와. 이 나라에서는 깡패고 조폭이고 다 오성에는 밀리게 돼 있어."

"조심하겠습니다."

이영식 회장의 말뜻이 무엇을 의미하는지 눈치챈 김기호.

정재계와 유착되어 있는 대기업에 찍혀서 좋을 게 하나도 없었다.

오랜 세월 대한민국 내에서 굵직한 기업을 운영해 온 기업인치고 정치인과 엮여 있지 않은 이가 없다.

아무리 대내외적으로 국익에 앞장선다 해도 문제를 일으켰을 때는 대기업의 손을 들어주는 게 대한민국 정치인들의 생리였다.

그런 점에서 상대가 오성그룹이라면 알아서 문제를 만들지 않는 게 최선책.

"그래, 수고 좀 하게."

말을 마친 이영식 회장의 얼굴에 피곤한 기색이 엿보였다.

김기호가 다른 조직원들보다 우선해 이영식 회장의 안색을 살피는 데도 다 이유가 있었다.

워낙 유년 시절부터 몸이 약했던 이영식.

집안이 깡패들 손에 아작이 나고 그 상황을 다 겪으면서 몸과 마음도 함께 병들었다.

지금은 나이가 들면서 많이 양호해진 상태지만 내상은 치료는커녕 여전히 더 독한 독버섯처럼 자라고 있었다.

"회장님, 몸도 좀 챙기십시오."

허리를 꺾어 숙이며 김기호가 말했다.

"회장님 한 분 손에… 저희 애들 목숨이 달려 있습니다."

그 목소리에 걱정과 애틋함이 함께 묻어 있었다.

이영식 회장의 말대로 자신들은 조직폭력배였다.

이 회장 신변에 무슨 일이라도 생기면 그 뒤를 장담할 수 없었다.

조직들 간의 세력 다툼으로 인한 전쟁은 불가피했고 그 대가로 사철파는 당장 와해되게 된다.

대한민국 조직 세계를 다 털어도 이영식 회장만큼의 인품과 덕을 갖고 있는 인물은 찾아볼 수 없다.

욕심 많은 정치인들도 대놓고는 이영식 회장을 어쩌지 못하고 나름 조심했다.

그만한 영향력을 갖고 있는 대체 인물이 그 어떤 조직에도 없었다.

"걱정하지 말게. 다른 건 몰라도 남북 평화 통일은 보고
눈 감을 테니까."

이제 겨우 환갑의 나이.

그러나 요 몇 년 사이 노인 소리를 들을 만큼 확 늙어버
렸다.

그만큼 몸이 더 망가졌다는 소리였다.

"그럼 쉬십시오."

김기호는 이영식 회장의 컨디션을 살펴 다른 보고는 올
리지 않았다.

"태풍이 한번 불긴 불어야 하는데……."

아직은 화창한 봄.

겨울이 지난 지 얼마 되지 않은 시점이다.

그러나 이영식 회장은 시선을 창밖에 두고 태풍을 운운
했다.

그 뜻을 모르지 않는 김기호.

조직들 간의 분위기를 봐서 멀지 않았다.

모르긴 몰라도 이대로 가다가는 1년 안에 대대적인 조직
관계 개편에, 전쟁 같은 상황이 벌어질 것이다.

그렇게 된다면 그들과의 일전을 피해갈 수는 없었다.

강남뿐만이 아니라 전국구를 상대로 벌어질 전쟁이었다.

전국 조직의 일통을 노리는 무서운 야망을 품은 자들.

분명한 건 한바탕 피바람이 분 후에 그 태풍은 멈출 것이라는 거다.


"누나는 갈수록 더 예뻐지는 것 같아요?"

"정말?"

"응~ 뭐랄까. 성숙한 여인의 영혼에서 나오는 고뇌 어린 아름다움이라고나 할까요?"

"……??"

직접적 표현이 아닌 추상적 표현.

나는 입가에 미소를 지으며 자연스럽게 말을 이었다.

정아람 기자는 안경 너머 큰 눈을 껌뻑이며 말뜻의 진실을 파악하려 애썼다.

'척 들으시면 모르시나. 누님~ 노처녀의 고달픈 인생이 팍팍 느껴진다는 의미잖아요!'

"호호호, 고마워. 역시 나의 진가를 알아주는 남자는 너밖에 없구나."

'…허얼.'

명색이 기자 신분임에도 독해 수준이 참담했다.

나의 표정만 보고 말의 속뜻을 완벽하게 무시해 버린 정아람.

'아주 나쁜 건 아닌데……'

그래도 아람 누나 외모 정도라면 어디 가서 미움을 사지는 않을 것이다.

기자 일을 하고 있었지만 터프한 면보다 여성스러움이 많은 사람이다.

방금 전 핫한 여신의 유혹을 눈앞에서 꿋꿋하게 견뎌낸 나.

그런 나에게 아람 누나의 여성스러움이 전혀 영향을 미치지 못한다는 게 안타까울 뿐이었다.

지나가는 남성들이 한 번은 더 눈길을 줄 만큼 충분히 매력이 있는 아람 누나.

그럼에도 크게 눈에 띄지 않는 것처럼 여겨지는 데는 이유가 있었다.

워낙 내 주변에 포진한 여성들의 비주얼이 출중하다는 것.

그녀들과 비교하면 표준 외모 수준에 멈췄다.

"잘 지내시죠?"

"그럼~ 이 누나는 건강 팔팔 빼면 시체잖아."

호텔 바에서 나와 곧장 오른쪽으로 방향을 잡았다.

그리고 바로 보이는 커피 체인점 안쪽에 자리를 잡고 앉았다.

생각보다 늦은 시각.

커피점 안은 한산했다.

"그건 그렇고 정말이야?"

아람 누나는 의자를 바짝 당겨 앉으며 물었다.

"뭐가요?"

"메이저리그 구단과 계약한다는 거 말이야?"

사석과 공석의 경계가 모호해지는 자리.

기자 본능을 어쩌지 못하고 있었다.

안경 너머로 초롱초롱 빛나는 눈동자를 굴리며 나의 입을 빤히 쳐다보는 아람 누나.

사냥감을 노리는 야수처럼 기사에 대한 지대한 관심을 보이고 있었다.

"네, 이번에 야구 선수가 돼보려고요."

숨길 이유가 없었다.

"골프는?"

예상했던 질문이다.

나를 알고 있던 사람들이라면 한 번쯤은 모두 이 질문을 나에게 해올 것이다.

아람 누나 역시 나에게 많은 관심을 갖고 있는 인물 중 한 사람.

"골프, 해야죠."

진로상 약간의 변동이 있긴 하지만 나의 최종 목표는 골프다.

그것은 변하지 않았다.

"에잇. 어떻게 그게 가능해."

"……."

"이왕 하는 거 야구에 매진해라. 요즘에 대박 계약도 많아. 몇 년에 1억 달러도 줘."

상상 속에서나 오고 가는 단위 1억 달러.

그러나,

"인생 살면서 돈 많이 필요없어요. 설악산에서 6년 사는 동안 이것저것 100만 원 갖고도 떡을 치던데요."

겨우 그 돈에 내 청춘을 저당 잡히려고 시작하는 일이 아니었다.

"떡? 호호호호호호호."

나의 발언을 전적으로 농담으로 접수한 아람 누나.

별로 웃기지도 않은 말에 자지러지게 웃었다.

'순수한 건가. 말귀를 못 알아듣는 건가.'

기사를 물기 위해 집중하는 모습을 볼 때는 약간의 오해를 불러일으키기도 할 만한 아람 누나의 태도.

그러나 그녀의 웃음은 순수하고 맑았다.

먹고사는 일이 기자 판이긴 하지만 영혼까지 물색없이

기삿거리를 찾는 인물이 아닌 것이다.

영혼이 탁한 이들에게서는 절대 풍겨 나올 수 없는 맑고 시원한 오라가 비쳤다.

뭐니 뭐니 해도 사람은 호탕하게 웃어야 하는 이유가 있는 것이다.

벌써 몇 년째 기자로 먹고살고 있을 텐데 양심까지 팔아먹고살지 않는다는 증거였다.

"계약금은 얼만데? 한 100만 달러 정도 되는 거야?"

촉을 세워 기자 근성으로 예리하고 찌르고 들어왔다.

"대충."

정확한 금액을 산출해 놓은 상황이 아니었다.

그러나 근접하게 계산을 뽑아내는 아람 누나.

"옵션 잘 걸어야 해. 더구나 미국이라면 말이야. 계약서가 모든 걸 대변하는 나라거든."

꼼꼼하게 서류 검토까지 할 것을 당부했다.

나보다 사회생활 많이 해본 사람이라고 충고도 잊지 않았다.

"뭐, 그래 봐야 반년 계약입니다."

"뭐, 뭐라고! 반년?"

아람 누나는 나의 대답에 깜짝 놀라 되물었다.

세계 그 어느 곳에서도 메이저리그 신인을 반년 계약으

로 영입했다는 말은 없었다.

그러니 그런 소리를 들어본 적도 없었을 것이다.

게다가 계약금이 100만 달러가 걸린 조건이다.

안경은 이미 코끝까지 흘러내린 채 나를 빤히 쳐다보고 있는 아람 누나.

"야구 오래하면 힘들잖아요. 메이저리그는 이곳저곳 많이 움직여야 하고… 피곤해요."

"으, 응… 그건 그렇지."

언뜻 가질 것 다 가진 자의 배부른 소리와 같은 나의 대답.

아람 누나 역시 대충 호의적으로 대꾸했다.

"계약서 쓰면 누나한테 가장 먼저 연락할게요."

인심은 쓸 때 써야 빛을 발하는 법.

"그, 그래 주면 정말 고맙지."

기자들에게 쓸 만한 기삿거리를 주는 것만큼 흡족한 선물도 없을 것이다.

"누나."

"응?"

세상에 그냥 오고 가는 것은 아무것도 없다.

"그놈들 잘 알죠?"

"누구?"

아람 누나는 나의 눈을 정면으로 쳐다보았다.

나 역시 두 눈을 똑바로 마주보았다.

"3년 전 저를 골탕 먹인 달수파하고 강남 사철파 깡패들 말입니다."

"아!"

미처 예상치 못했던 일에 대해 묻자 아람 누나는 신음을 토하며 얼굴색이 변했다.

말은 안 했지만 그날의 사건에 관해서 대한민국 기자들이 모를 리 없다.

아람 누나의 변한 얼굴색을 보자니 천하의 기자 정신으로 무장한 사람도 조폭이 무섭긴 무서운 모양이다.

"놈들 정보 좀 알 수 있습니까? 정확하게."

"정보야 알고 있긴 한데… 그건 왜?"

이유를 알 수 없다는 눈빛으로 나를 응시하는 아람 누나.

그럴 만도 할 것이다.

"왜긴요. 제가 좀 얽힌 사연이 있다 보니 풀어야 할 이유가 있는 거죠. 미리 준비 좀 할 생각이에요."

나는 별일 아니라는 듯 담담히 받아 넘겼다.

"…그렇구나."

하지만 나의 말에도 두 눈에 가득 담긴 걱정의 눈빛은 거두지 않았다.

"민아."

"네."

"그놈들 네가 생각하는 것보다 더 위험해."

기자들의 촉수는 여느 다른 여성들의 촉수와 종류를 달리했다.

몇 건의 사건과 내가 연루되어 있다는 사실을 잘 알고 있는 아람 누나는 앞으로 어떤 일이 벌어질지 짐작하고 있는 듯했다.

물론 내가 없는 사이 나를 노리는 자들의 움직임은 더욱더 철두철미해졌을 것이다.

사건과 사건을 쫓아 기사를 따는 기자들.

아람 누나 역시 그들 틈에서 여전히 시간을 보낸 사람이다.

아무리 내가 모든 면에서 월등히 우월한 능력을 갖고 있다 해도 일신에 불과했다.

"알고 있는지 모르겠지만 그 사람들 섣불리 건들면 안돼. 정치권에 경제인, 심지어 검찰, 경찰들에까지도 연줄이 닿아 있다구."

"알고 있습니다."

썩은 물에 똥파리가 꼬이는 것은 당연한 일이다.

사회생활은 아람 누나에 미치지 못했지만 짧은 시간 그

들을 겪고 파악한 것은 내가 빨랐다.

썩은 물 가지고 싸워도 단물이 철철 넘치는 곳을 발견했다면 그곳에 단체로 똥파리가 몰리는 건 지당한 일이다.

각종 이권과 권력이 함께 얽혀 있는 단물.

그곳에 빨대를 꽂기 위해 보이지 않는 곳에서 얼마나 많은 공작들이 벌어지겠는가.

굳이 현장에 있지 않아도 접할 수 있는 이야기들이다.

간단하게 컴퓨터만 켜도 불법 정치인, 경제, 검찰, 경찰들에 관한 사건 사고는 하루가 멀다 하고 쏟아져 나온다.

몇 번의 정권이 바뀌는 것을 봤다.

아직은 어린 나지만 날이 갈수록 살기 팍팍해지고 있다는 것은 알고 있다.

시간이 지날수록 정치 선진국이 돼가기는커녕 어쩐지 후퇴하고 있는 느낌이 들 정도다.

"서둘러서 빨리 떠나는 게 좋아. 그 여자… 제시카 말이야. 소속 에이전트사가 대기업 계열사니까 신변보호 하나는 철저할 거야."

아람 누나 역시 대한민국 내의 신변보호 시스템을 믿지 못하는 눈치다.

"그럴 생각입니다."

"그래, 원한다면 정보는 줄게. 하지만 부딪치지 마. 그들

뒤를 캐던 선배 몇 명이 당한 일도 있어."

과거 달수파와 사철파를 밀착 취재하던 기자 선배들 중에 교통사고와 각종 미스터리한 사고를 당했다고 했다.

그중 몇은 후천성 장애를 얻게 되었고 또 몇은 실종된 채아직도 신원을 확보하지 못했다는 것이다.

눈빛이 살짝 떨렸다.

아람 누나의 목소리는 숨길 수 없을 만큼 두려움에 차 있었다.

아마 기자 선배들의 전철을 나도 밟게 되는 것이 아닌가하는 우려가 큰 듯했다.

"걱정하지 마세요. 놈들이 나를 찾아오면……."

"무슨 일 생길 것 같으면 나에게 연락해. 꼭, 전화번호 알지?"

막상 정보를 주겠다고 하고 안절부절못하는 아람 누나.

"대답해!"

"네, 그들이 나타나면 곧장 줄행랑부터 칠게요."

"메일 주소 있어?"

"그럼요."

"그럼 문자로 찍어줘. 회사에 들어가는 대로 보안 메일로보내줄 테니까."

"감사합니다."

"뭐야? 이렇게 사무적으로 나올래? 우리 사이에 이 정도 가지고~"

찡긋.

'오늘 날이 이상한가.'

제시카에 이어 아람 누나도 나에게 윙크를 날렸다.

분위기상 전혀 어울리지 않는 행동.

사회에 나오면 나이가 상관없다고 하더니 딱 맞았다.

분명 제시카도 아람 누나도 대학 소개팅을 전전할 때 나는 초등학교 저학년이었다.

남자들이 영계를 밝힌다고 시대가 시끄러웠던 시절은 모두 옛말이 되었다.

세상이 뒤바뀌어도 한참 뒤바뀌었다.

이제 달걀 껍질을 깨고 나온 영계에 비할 바가 아닌 나를 두고 삼십대 문턱에 서 있는 누님들이 입맛을 다시는가 말이다.

여성들의 속은 절대 겉으로 드러나지 않는 게 특징이라고 하더니 그 말이 맞았다.

겉으로는 방금 전까지만 해도 나를 걱정하느라 안절부절못했던 아람 누님.

이래서 양 도사가 준사회인을 교육하는 대학 입시에도 삼강오륜과 명심보감을 시험 과목으로 넣어야 한다고 목소리를 높였던 것이다.

나를 물 먹이기 위해 갖은 수를 다 쓰던 양 도사.

말도 안 되는 엉터리 논리로 내 말문을 탁탁 막았지만 그의 말이 틀리지 않았다.

텔레비전을 뚫어져라 쳐다보며 하는 말이어서 신뢰도가 좀 떨어지지만 말이다.

어린 여성들이 꿀벅지를 다 드러내고 나와 흔들 때마다 양 도사는 침을 질질 흘리면서도 입으로는 그렇게 떠들었었다.

세상 망조가 들었다며 목소리 높여 호통을 치던 이중적인 모습의 양 도사.

아마 당시에 사서오경을 고교 정규 과목에 집어넣어야 한다고 방방 뛰었었지 싶다.

본인 일신도 여인의 위난으로부터 구하지 못했던 양 도사.

그런 그가 다른 이들의 행동을 보고 뭐라고 할 자격은 없어 보였지만 두고 보았었다.

"시간이 많이 늦었습니다. 그만 들어가 봐야겠습니다."

"어디로 갈 거니? 다시 장기남 씨 댁으로 갈 거야?"

"⋯⋯??"

'호오~ 내 뒤를 밟으셨다?'

벌써 나의 뒷조사를 한 모양이었다.

하긴 내가 이 시간에 제시카와 호텔 바에 있었다는 것을 어떻게 알고 왔겠는가.

정확하게 시간까지 알고 접근했던 것이다.

아람 누나는 무의식중에 스스로 정황을 인정하고 있었다.

"아니요, 갈 곳이 따로 있습니다."

"어디?"

금세 눈빛을 번득거리더니 궁금해하며 캐물었다.

띠리리링 띠리리링.

탁자 위에 놓아둔 휴대 전화가 울렸다.

아침 일찍 비서를 통해 건네받은 후 예린이와 저택에 가는 길에 개통을 했다.

개통한 지 몇 시간 되지 않은 따끈따끈한 최신형 스마트폰.

시원하게 맑게 주변을 울렸다.

에스칼 통신을 이용하면 공짜였지만 최태동 회장과 엮이는 게 왠지 싫어 엘자 통신으로 개통했다.

첫 번째 번호로 저장돼 있는 예린이의 번호.

예린이가 직접 입력한 닉네임은 사랑스러운 예린이.

선명하게 화면에 떴다.

띠릭.

스치듯 가볍게 터치했다.

"민아~!"

주저없이 나를 부르는 밝고 명랑한 예린이의 음성이 새어나왔다.

이 시간까지 제시카와 함께 자리를 하고 있는 것으로 알 것이다.

늦은 시간 제시카를 만난다는 말에 얼굴색이 변하던 모습이 상상이 가지 않을 만큼 음색이 밝았다.

"무슨 일이야?"

"아직인 거야?"

"아니."

"그럼 제시카 만나고 있는 거 아니야?"

"응."

"그럼 지금 어디야?"

카랑카랑 맑게 울리는 예린이의 목소리는 곡선을 타듯 오르락내리락했다.

"아는 기자 누님과 차 한잔하고 있어."

"아는 기자 누님? 누구?"

말꼬리를 잡고 꼬치꼬치 캐묻는 예린이.

집에서 퇴근할 시간이 넘어도 들어오지 않는 남편을 채

근하는 전화처럼 느껴졌다.

"조국일보 기자 누나."

병원에 입원해 있을 때 안면이 있어 예린이도 익히 알고 있는 아람 누나.

아마 예린이는 나를 간호했던 사람으로 기억하고 있을 것이다.

"아! 그 안경 썼던 노처녀 언니~"

'······!!'

대꾸할 말이 선뜻 떠오르지 않았다.

같은 상황을 놓고도 기억하는 코드가 이렇게 다를 수 있다니.

떠올려도 어떻게 노처녀로만 기억해 낼 수 있다는 말인가.

유난히 노처녀라는 말에 힘을 실어 나에게 말하는 듯한 예린이의 숨길 수 없는 귀여운 심보.

"예린아."

"응?"

"금방 들어갈게. 택시 탈 거야."

"택시? 왜? 무슨 일 있어?"

"술 한잔했는데 대리운전하기도 뭐해서."

"자, 잠깐! 술 마셨어?"

"어."

"기다려. 지금 어디야. 내가 데리러 갈게."

술 한잔했다는 소리에 목소리가 갑자기 바뀌며 다급해진 예린이.

급기야 모시러 나오겠다고까지 했다.

굳이 그럴 필요가 없는 상황이었다.

"그럴 필요… 여기 하야테 호텔 옆에 있는 커피숍."

"하야테 호텔! 거, 거기는 왜……."

이건 또 뭔가.

하야테 호텔이라는 말에 예린이의 목소리가 파르르 떨리는 게 전해져 왔다.

"술 마셨다니까. 바에서."

"히잉, 그럴 줄 알았어. 기다려! 곧장 갈게!"

의미를 알 수 없는 신음을 흘리며 바로 온다고 외치며 전화를 끊었다.

나는 상황이 어떻게 돌아가는지 도통 알 수가 없어 통화가 종료된 전화기 화면을 멍하니 쳐다보았다.

"예, 예린 양이 온대?"

"네."

"왜 그 아가씨가 오는 거야?"

"같이 살아요."

"……!!"

나의 대답에 두 눈이 확 커지는 아람 누나.

거짓말을 할 필요는 없었다.

"가, 같이… 살아?"

"네. 한 집에서 같이 자고 밥 먹고 그런 거 말입니다."

"아…….."

급기야 긴 한숨을 토해내었다.

'누님, 누님… 무슨 생각을 하시는지…….'

충분히 오해할 만한 대답이기도 했다.

단어 선택에 다른 것을 고민할 필요도 없는 일이었지만 말이다.

누가 뭐라 해도 나는 떳떳하므로 전혀 아무렇지 않았다.

"누나 재테크는 하세요? 평생 기자만 하실 건 아니잖아요."

"재테크? 왜 갑자기?"

"시집 안 가세요?"

뜬금없는 나의 질문에 살짝 눈을 흘기는 아람 누나.

"네가 뭐 그런 것까지 걱정할 필요가……. 적금하고 연금, 실손 보험 정도는 들고 있어."

"금 사놓으세요."

"금? 앞뒤 없이 무슨 말이야. 금이라니."

아무 설명 없이 금을 사놓으라니 어이없어 하는 것도 당연했다.

"세상이 한 번 리셋될 겁니다."

"……."

아람 누나의 두 눈은 더 황당하다는 듯 커졌다.

"알아듣게 설명해 봐."

"말 그대로 리셋요. 종이돈과 숫자로만 나타나는 전산상의 숫자들이 모두 제로가 될 거라는 말이에요."

"금융 위기를 말하는 거야?"

"사회부에 아직도 있어요?"

"응."

"그럼 세상 돌아가는 판 어느 정도 알고 있잖아요."

"대충……."

세상은 결국 돌고 도는 판 위에서 어떤 시점들에 재배열된다.

지금은 그 판이 바뀌기 직전으로, 돌아가는 꼴이 범상치 않은 세상이다.

선진국의 금융기관들이 너 나 할 것 없이 선진금융기법이라고 선전해 대던 파생상품.

국내에 흘러들어 와 그 뿌리를 탄탄하게 내린 기업들이 알게 모르게 대한민국의 금융 흐름의 많은 부분을 점유했다.

그 단위기 수천 조였다.

단 1퍼센트도 아니고 0.1퍼센트의 영향으로도 문제가 많은 세상은 파괴되게 돼 있다.

이것은 금융 위기의 수준을 넘어서는 파생상품으로 미래 자산까지 다 해 처먹고 있는 현시대 인류의 파산을 의미했다.

"사회부 기자라면 그런 문제들에 관해 기사를 써야 하는 거 아니에요?"

조금만 더 세상 돌아가는 소리에 귀를 기울인다면 현대인이 멀지 않은 미래에 봉착하게 될 심각한 문제들에 대해 체감할 수 있다.

"지금 세상이 어떻게 돌아가고 있는지 사실을 말입니다."

"…데스크에서 오케이를 안 한다. 사회에 혼란을 줄 만한 기삿거리들은 따로 걸러내고 있어."

"네? 감시요?"

이건 또 무슨 말도 안 되는 소리란 말인가.

시대가 어느 때인데 국민에게 전달되어야 하는 정당한 정보를 감시하다니 말이 되지 않았다.

"말도 안 돼요. 농담이죠?"

"정부에서 알게 모르게 언론을 감시하는 건 과거나 지금이나 달라지지 않았어. 데스크에 누가 와서 앉느냐가 달랐을 뿐이지. 지금은 데스크에서 알아서 기는 시절이야."

'이게 언론 통제라는 거군.'

현장에서 일하는 사람에게 직접 들은 적은 한 번도 없었다.

단지 의식있는 몇몇 사람의 개인 웹사이트 등에서 접하는 간접적 정보가 다였다.

세계 경제에 관해서 조금만 관심을 기울여도 지금이 얼마나 심각한 경제 상황과 직면해 있는지 알 수 있었다.

'그래서… 제가 미국으로 가는 거라구요.'

나로서는 처음 겪게 될 금융 위기가 될 것이다.

다시 한 번 세상이 리셋되는 그 순간 아무것도 모른 채 당할 수만은 없다.

난 돈을 벌기 위해 미국으로 간다.

결국 성장과 불황은 경제라는 동전의 양면과 같다.

편안한 삶 뒤에는 다시 한 번 모든 에너지를 퍼부어 살아야 하는 위기의 순간이 오게 마련이다.

불황이라는 다른 면이 드러나게 되었을 때 쓰디쓴 독배를 기꺼이 마실 수 있어야 한다.

나는 그 독배를 미국에서 야구 선수로서 다시 시작하려는 것이다.

"그럼 누나부터 사세요. 어차피 떠들어댄다고 해도 모두 똑똑한 사람이고 자신들 운명은 스스로 책임지겠죠."

아람 누나와 나는 그러고도 한참 동안 같은 주제의 얘기를 나누었다.

막상 아무리 심각하다고 해도 다른 사람의 말을 귀담아듣지 않는 사람들은 있게 마련이다.

자기 고집이 세고 스스로 판단한 일들에 대해 물러서지 않는 사람들.

다행히 아람 누나는 나의 말대로 최대한 미래에 가서 엿값밖에 안 되는 연금을 줄이고 현금을 아껴 현물을 사겠다고 했다.

"종이금에는 투자하지 마세요."

"알았어. 그렇지 않아도 경제부 기자들 분위기가 요즘 좀 심각하대. 채권 금리 올라가는 게 무섭다나 봐."

'그 사람들은 준전문가잖아.'

바보들만 사는 세상은 아니었다.

그리고 기자라면 국민들에게 정확한 진실을 알려야 할 소명을 띤다.

난무한 정보를 선별해 판단할 수 있는 능력도 겸비해야 하고 말이다.

"주변 사람들에게도 좀 알려주세요. 꼭 금이 아니어도 은

가락지라도 사놓으라고 말이에요. 반드시 유용할 때가 올
겁니다."

위기라는 것은 언제 닥칠지 모른다.

유비무환이라는 말도 있지 않은가.

기우이면 좋겠지만 나 역시 기감이 남다르게 발달돼 있
는 사람 중 한 사람임은 분명했다.

그래서 더 서둘러 미국행을 선택했다고 해도 과언은 아
니다.

벌 수 있을 때, 그리고 나를 필요로 하는 곳이 있을 때 벌
어놓으려는 것이다.

물론 순탄하기만을 바랄 뿐이다.

아무리 그렇다 해도 경제 흐름을 좌지우지하는 큰손들의
계획을 알 길은 없다.

그러나 수익이 생기는 대로 나 역시 금과 금광 주식 정도
는 사놓을 생각이다.

"그래, 천재 강민의 말이니까 믿어볼게."

'무슨 천재씩이나…….'

"그냥 위기 때는 금이에요."

이건 양 도사의 말에 참고한 나의 판단과 선택이다.

설악산에서 양 도사와 함께 지낼 때 무수히 들었던 과거
지사에서 얻은 산 정보들이었다.

일제 강점기를 지나온 양 도사.

당시 쌀장사를 하던 양 도사의 선친은 쌀 팔아 돈을 쥐게 되면 무조건 금으로 바꿨다고 한다.

그리고 땅에 묻었다고 했다.

여자의 변심에 뒤통수를 맞아 입산 수행하느라 세상에 나가지 못했던 양 도사.

그렇지 않고 선친의 뒤를 이었다면 당시 묻었던 금을 지금 시세로만 계산해도 수백억대 부자가 되어 있었을 것이라 했다.

세상 모든 것이 몇 번 뒤집어지고 변해도 단 하나 변하지 않는 것이 불멸의 금속 황금이라 했다.

그것은 양 도사도 인정한 바였다.

"왜 시집은 안 가는 거예요?"

"시집? 남자가 없으니까 안 가지. 왜 어디 너처럼 멋진 남자 또 있니?"

"저보다 멋진 남자가 있을 거라고 생각하는 거예요?"

"그렇지? 호호, 나도 그렇게 생각해."

세상은 언제나 나를 중심으로 돈다.

양 도사가 입버릇처럼 말했던 것의 핵심이기도 했다.

우주를 이루는 무수한 별이 모두 주인공이라는 것이다.

다만 무엇을 기준으로 삼았을 때 주변을 설명하기 위해 배경이 되지만 결국 모든 별은 주인공이라고 말이다.

사람도 다르지 않다고 했다.

스스로 주인공이라고 여기고 자신을 중심으로 살아갈 때에 세상의 중심은 나 자신이 된다고 했다.

결국 나뿐만 아니라 세상을 구성하는 모든 인류가 주인공이라는 사실을 깨닫게 되면 세상을 사는 방법은 지금과 많이 달라질 것이다.

이 사실을 모든 이들이 깨달아야 가능할 테지만 말이다.

누가 뭐라 해도 세상에서 가장 존중받고 사랑받기에 합당한 존재들은 타인이 아니라 바로 내 자신인 것이다.

"민아……."

오랜만에 맛보는 여유로운 시간이었다.

시간은 천천히 흘러갔다.

계속해서 대화는 끊어지지 않고 이어졌다.

그간 내가 만난 세상 속의 인연이 전해주는 생생한 삶의 현장에서 들려주는 이야기들이었다.

밤늦은 시간에 갖게 된 차 한 잔의 여유가 심신을 편안하게 했다.

저절로 넉넉해지는 마음과 입가에 번지는 미소가 근심

걱정 하나 없는 사람처럼 보였다.

　앞으로 나에게 다가올 시간들이 이 시간만 같기를 바랐
다.

"민, 축하해요. 그 대단한 조건을 자이언츠에서 받아들였어요. 오늘 가계약하는 동시에 10만 달러를 전달할 거라고 해요."

'후후, 역시.'

사람은 깡이 있어야 한다.

말도 안 되는 파격적인 조건을 내건 것은 분명했다.

하지만 아침에 눈뜨자마자 이렇게 연락이 왔다.

아무래도 밤새 담당자와 줄다리기를 한 듯한 제시카의 목소리.

살짝 잠겨 있었다.

그럼에도 한결 개운해진 듯한 기운이 동시에 느껴졌다.

"그래요? 현명한 선택을 했네요."

"호호호, 단, 입국시까지 이 계약 건에 관해서는 새어 나가서는 안 돼요. 그리고 계약에 제시된 조건대로 반드시 처리할 거라 했어요."

"그쪽 입장도 찬밥 더운 밥 거릴 처지는 아닌 것 같은데……. 배짱이 두둑하군요."

"최근 실적이 최하위로 떨어져서 그렇지, 자이언츠도 만만한 곳은 아니에요. 예상을 못했을 뿐."

제시카의 말도 맞았다.

작년 월드시리즈를 우승한 강팀이 바로 샌프란시스코 자이언츠였다.

문제는 우승한 뒤 상당수의 선수를 팔아버렸다는 데 있었다.

그리고 우승을 맛본 선수들조차 승부에 대한 열정이 꽉 찬 만큼 앞으로 더 분발해야 한다는 원동력을 상실해 버렸다.

사정이 이렇다 보니 자연적으로 구단은 최하위를 달릴 수밖에.

"그래도 꼴등은 꼴등이죠."

"맞아요. 관중 수가 눈에 띄게 줄고 있어요."

해도 너무 못하면 관중들도 굳이 관람을 할 필요가 없는 것이다.

국내 야구장과 달리 몫이 좋은 자리는 수백 달러에 육박하는 메이저리그 야구장 벤치값.

관중 규모와 스폰, 그리고 중계권료가 주수입원이 돼주었다.

그런데 관중 규모가 작아지면서 문제가 발생한 것이다.

잘하던 팀이 바닥을 기게 되면 그만큼 더 실망하게 되는 법이다.

"다저스 쪽은 어땠습니까?"

"뭐, 황당한 조건이라고 쿨하게 거절했어요. 현재 지구 1위에 올라 있고 선수층도 탄탄하니까 올해 월드시리즈는 다저스가 당연히 차지할 거라고 생각한 거죠."

'진격의 다저스……'

초반부터 돌풍을 일으켜 연승에 연승을 거듭하고 있는 다저스이니 그럴 만도 할 것이다.

물론 나라는 사람이 욕심나겠지만 조건이 워낙 황당하다 보니 노를 한 것 같다.

"앞으로 스케줄은 어떻게 움직이면 됩니까?"

"일단 1시쯤 만나요. 여권에 쓸 신분증도 필요하고 자필

서류도 작성해야 하니까요. 그리고 루니도 만나서 가계약
서 작성해야죠. 스포츠 취업 비자를 받으려면 말이에요."

"알겠습니다. 그럼 그때 호텔 로비에서 보도록 하죠."

"그래요~ 그때 봐요."

띠릭.

약속 시간을 정하고 전화를 끊었다.

오성에서 최근에 선보인 최신형 갤마시 파이브.

오성의 전 기술력을 집결시킨 듯 화면도 크고 밝은 데다
여러 프로그램 처리 속도도 번개처럼 빨랐다.

"아침부터 바쁘겠군."

연대 자동차에 신청할 차량도 실물로 보고 싶었다.

등본을 제출하면 곧장 인도받을 수 있다고 했다.

이미 회장실 쪽의 특별 지시를 받아 강남 대리점에 준비
되어 있는 차.

풀 옵션 재고가 남아 있어 따로 시간을 기다릴 필요가 없
었다.

게다가 강남 영업소 영업소장이 차량에 관한 모든 업무
를 대리 처리한다고 했다.

자동차 보험 역시 연대 측에서 첫해 분은 지불해 주기로
했고 등본과 운전면허증 사본만 제출하면 번호판까지 단
차를 받을 수 있다고 했다.

연대 그룹 정몽군 회장이 제공한 파격적인 경품이었다.

기회를 봐서 양 도사의 백사주 한 병 제대로 선물을 해야 할 것 같다.

"정말 얼마 안 남았군."

며칠 동안 내 집 못지않은 편안함을 누렸던 오성그룹 저택의 손님방.

늦은 밤까지 시간 나는 대로 필요한 정보들을 수집해 놓았다.

특급 호텔 스위트룸보다 더 편하게 지냈던 지난 며칠의 시간.

이도 얼마 후면 추억이라는 이름으로 페이지를 넘겨야 할 장소가 된다.

사박사박.

문밖에서 누군가 계단을 밟고 올라오는 소리가 들려왔다.

'예린이군.'

일상으로 다시 돌아온 저택에서의 하루.

아침 식사는 7시면 시작됐고 식사가 끝나면 모두 제각각의 업무로 뿔뿔이 흩어졌다.

특히 오늘은 조찬 회의가 있다면서 이른 시간 집을 나선 유병철 회장님이 빠져 조촐하게 아침을 먹었다.

그리고 봉사 활동에 참여하기 위해 윤라희 여사도 집을 비운 상태였다.

예린이 역시 오전 3교시 수업이 있다고 했다.

똑똑.

"민아~"

"들어와."

스르륵.

부드럽게 열리는 문.

"오늘 바쁘겠네?"

"그렇지 뭐. 점심쯤 계약서 쓰기로 했어."

"피이, 뭐야. 보디가드 해주기로 한 거 아니었어? 거짓말쟁이."

"미안하다. 사정이 그렇게 됐어. 다음에 백 배로 갚아줄게."

"됐어, 안 갚아도 돼. 대신 꼭 성공해야 해. 그거면 돼."

언제나 나의 입장을 먼저 배려하는 예린이.

"고맙다. 돈 많이 벌어서 꽃신 사다줄게."

"호호호, 꽃신? 좋아, 악어가죽 꽃신으로 부탁해."

며칠 동안 한집에서 지내면서 예린이의 변화를 새삼 느꼈다.

3년 전 보았을 때와 달리 많이 성숙해진 예린이.

자신의 마음을 그대로 드러내지 않고 감추기도 하고 필요한 순간에는 오버도 서슴지 않았다.

"차는 찾아다 뒀어. 주차장에."

"그랬어? 내가 찾으러 가려고 했는데."

"괜찮아, 이제는 내 시간이 더 저렴하잖아."

"……."

"민이, 너의 시간은 앞으로 계속 비싸질 거 아니야. 아빠가 그랬어. 사회에 영향력을 발휘하는 사람들의 시간은 곧 돈이고 그들이 벌어들이는 돈이 곧 시간이라고 말이야."

"회장님이 그랬어?"

"응, 내가 보기엔 민이 너도 그 대열에 합류하고 있는 걸로 보여."

경제인 집안답게 모든 것을 경제 개념으로 해석하는 능력이 뛰어났다.

시간과 돈의 상관관계를 쉽고 정확하게 이해하고 있는 예린이.

"너무 띄우는 거 아냐?"

"뭐가~ 난 있는 사실 그대로만 말하는 거 몰라? 역시 내 남친 정도라면 그 정도는 돼야지."

'그래, 네 친구라면. 오성그룹의 막내딸 친구 신분이 평범하다고는 할 수 없지.'

천애고아에 한국 고등학교 중퇴생에 불과한 나.

그런 내가 예린이 친구라는 신분이면 예린이 말대로 이 정도 능력을 스스로 배양할 수 있어야 하는지도 모른다.

예린이의 두 눈에는 나를 신뢰하는 마음이 가득 담겨 있었다.

"저녁에 데이트하자."

"정말?"

"오늘 계약하면 계약금 들어올 테니까 한 턱 쏠게."

"우와! 지금 데이트 신청하는 거지?"

"그래~ 데이트 신청하는 거야."

"알았어! 수업 마치고 빨리 올 테니까 기다려야 해."

예정에 없다 잡힌 소풍을 맞은 아이처럼 방방 뛰며 좋아하는 예린이의 모습.

서울대학교에서 퀸카 소리를 듣는다는 꽃띠 성숙한 여성의 모습은 찾아보기가 힘들었다.

"늦겠다."

"호호, 오늘 기분 짱이다. 나 이따가 맛있는 거 먹어도 돼?"

"그럼~ 원하는 거 다 먹어."

"다녀올게~ 라라라라~ "

콧노래까지 흥얼거리며 돌아서는 예린이.

"나도 슬슬 움직여 볼까."

시간이 지금부터 서서히 움직여야 할 것 같았다.

은행에 가서 당장 통장도 개설해야 하고 동사무소에도 들러야 했다.

띠디디디.

금고 비밀 번호를 입력했다.

그간 티끌 모으듯 모아둔 현찰들을 모두 꺼냈다.

한눈에 쏙 들어왔다.

"이게 2억 5천이야?"

다시 설악산으로 끌려가기 전 장씨 아저씨에게 받았던 1억.

그리고 이번에 회장님들 골프 회동에서 획득한 상금 1억 5천.

금액에 비해 부피는 작았다.

연대 그룹 정몽군 회장의 비서가 건네주었던 돈이 든 종이백.

빈 공간이 제법 남았다.

"일단 통장부터 개설해야지……."

누가 보면 요즘 같은 세상에 멍청하다고 말할 수도 있을 것이다.

그러나 나는 땅에 금과 이 돈을 다 묻을 생각이다.

양 도사의 말은 그간 틀렸던 적이 거의 없다.

그렇다면 위기의 순간일수록 믿을 만한 것은 실물만 한 게 없다고 했던 것도 맞다고 봐야 한다.

근거없는 믿음에서 오는 재테크라고 해도 좋았다.

미국에서 활동하는 동안 나의 전 재산을 보전할 안전자산이 필요하다.

오늘 가계약금으로 건네기로 했다는 10만 달러 역시 예금 통장에 넣을 생각이다.

"싸티 은행이 좋겠어."

어차피 국내에는 내가 믿고 맡길 만한 곳이 없었다.

그렇다면 미국에 안전한 터를 마련하는 게 나았다.

해외에서도 자유롭게 입출금이 가능한 싸티 은행 글로벌 계좌가 안성맞춤.

"참, 서비스 만점이네."

저택에 장기 투숙할 것을 대비해 양 실장이 직접 채워놓았을 의류들 중에 외출복도 눈에 띄었다.

기성복 중에서도 고급 브랜드들로만 구성된 상의와 하의들.

속옷부터 양발까지 세심하게 정리돼 있었다.

작지 않은 옷장이 거의 빼곡하게 다 찼다.

"어른들한테 이쁨받으면 자다가도 이렇게 옷이 생긴다

니까……."

이 모든 것이 윤라희 여사의 한마디로 이루어졌을 것이다.

저택에 온 첫날 제공했던 백초건강만세주의 위력이 이렇듯 컸다.

역시 사람은 조건 없이 베풀고 살다 보면 그 모든 것이 다시 돌아오게 마련이다.

좌우지간 부족할 것 없이 만족스러운 저택 생활이 아닐 수 없다.


"찾아주셔서 감사합니다. 무엇을 도와드릴까요?"

넉넉한 쇼핑백을 들고 싸티 은행 강남 지점을 찾았다.

은행 문을 들어서자마자 친절하게 미소를 지으며 청원경찰이 다가왔다.

"계좌 개설하고 입금 좀 하려고 합니다."

"네~ 저기 있는 대기 순번표를 뽑아 잠시만 기다리시겠습니까."

"아, 네."

'좋네.'

제대로 은행 구경을 하는 것은 처음이었다.

언제 한 번이라도 은행에 올 일이 전혀 없었던 내 인생.

설악산에서도 돈이란 것이 생기면 무조건 양 도사 눈을 피해 바위 밑이나 특정 장소에 숨기기 바빴다.

그때는 보호자 없이 계좌를 개설할 수도 없었던 미성년자 신분.

길었던 서러움의 시절도 이제 끝이었다.

띠릭.

청원경찰이 알려준 순번 출력기에서 번호표를 뽑았다.

'공짜?'

정수기 바로 옆 테이블에 커피와 녹차, 그리고 사탕이 마련돼 있었다.

모든 은행에서 이런 것들을 모두 서비스로 제공하고 있는지는 알 수 없지만 제법 서비스가 좋았다.

나는 큼지막한 쇼핑백을 들고 자리를 옮겼다.

돈이 들어 있는 만큼 신경이 쓰였다.

처음 안내를 도왔던 청원경찰의 시선이 자꾸 나에게 쏠리는 것이 느껴졌다.

아무래도 내가 들고 들어온 쇼핑백의 정체가 궁금한 모양이었다.

"고객님."

은행 곳곳을 두리번거리는 듯 살피다 청원경찰이 나에게 가까이 다가왔다.

이미 시선은 내가 들고 있는 쇼핑백에 꽂혀 있었다.

속에 든 것의 정체가 궁금한 것이다.

"죄송하지만 그 안에……."

"이거요?"

대충 봐도 한 벌 쫙 빼 입고 나타난 내가 수상하게 생각
된 모양이었다.

"네."

"돈 들었어요."

"네?"

"통장 만들어 넣어놓을 돈 말이에요."

"……!!"

그냥 봐도 뭔가 묵직해 보이는 쇼핑백.

그것을 들어 보이며 아무렇지 않게 대답하자 되레 청원
경찰의 표정이 당황스러워졌다.

"이, 이쪽으로 오십시오."

그제야 안에 든 것이 적지 않은 금액이라는 것을 짐작한
듯 나를 한쪽으로 안내했다.

대략 삼십대 초반 정도로 보이는 청원경찰.

"괜찮습니다. 곧 제 번호라 기다리죠."

내가 들고 있는 번까지는 아직 대기자가 다섯 명 정도 남
아 있었다.

번호표를 뽑고 기다리는 것도 은행에 처음 온 기념이 될 수도 있는 추억거리.

"아닙니다. 빨리 처리해 드릴 수 있는 데스크로 안내해 드리겠습니다."

깍듯하게 고개를 숙이며 재차 권하는 청원경찰.

"굳이 그렇게까지… 뭐, 정 그러시다면."

'별로 많지도 않은데…….'

기껏해야 2억 5천만 원을 들고 왔다.

로또 1등에 당첨되면 은행 문을 들어서는 순간 이미 임직원들이 줄줄이 나와 알아본다는 그런 돈의 포스가 나에게서는 나오지 않았다.

본 계약금을 받으면 10억이 넘어가는 돈이 수중에 들어온다.

그 정도 되어야 따로 안내받지 않을까 잠깐 생각하기도 했다.

또 메이저리그에 데뷔해서 우승을 하게 되면 매회마다 수당이 계산된다.

'VIP라운지네?'

청원경찰이 나를 안내해 모셔 간(?) 곳은 은행에서도 특별한 고객들만 모신다는 공간이었다.

일단 출입하는 문 자체도 달랐다.

전용 문으로만 사용하는 듯 자동 럭셔리 스틸 재질의 문이었다.

'너 나 할 것 없이 겉치레가 될 수밖에 없겠군.'

이래서 사람들이 분수를 뛰어넘는 수준으로 외형을 치장하고 중시하는 것 같았다.

강남에 지점을 두고 있는 싸티 은행.

고품격 고객들을 상대하는 노하우가 있는 듯 이미 나의 옷차림과 액세서리를 통해 관리대상 고객으로 분류한 듯했다.

하긴 보통 서민들에게 있어 2억이 넘는 돈은 현찰로 갖고 있기는 어려운 금액임은 분명하다.

나 역시 양 도사로부터 교육받은 돈의 중요성을 알지 못했다면 이렇게까지 모아놓을 수 없었을 것이다.

또한 나는 운이 좋은 케이스에 들었다.

양친 부모는 인연이 다해 이별했지만 나를 불쌍히 여긴 하늘의 축복이 있지 않았다면 이런 금액의 돈을 손에 쥘 수 없었을 것이다.

앞으로 내가 얻게 될 돈의 단위에 비하면 분명 큰 액수의 돈은 아니다.

하지만 현실적으로 내 나이에 이만한 돈을 아무렇지 않게 쇼핑백에 담아 왔다는 것은 이례적인 상황.

그런 내가 대충 대해도 되는 고객으로는 보이지 않았으리라.

"어서 오십시오."

'돈이 좋긴 좋군……'

막 들어와서 접한 은행 내 일반 창구도 깔끔하고 훌륭했다.

그러나 VIP실은 비교할 수 없을 만큼 환상적이었다.

한쪽 벽면에 화려하게 걸려 있는 커다란 풍경화.

언뜻 봐도 제법 이름 있는 화가의 작품인 듯 화인이 선명하게 찍혀 있었다.

그리고 보기만 해도 편안해 보이는 가죽 소파와 둘레로 난 화분을 비롯한 고급 화초들이 가지런하게 배치되어 있었다.

VIP 전용 담당 직원인 듯 삼십대 중반 정도로 보이는 여직원이 나를 맞았다.

중견 간부 이상으로 보이는 미모가 돋보이는 여성이다.

"앉으십시오, 고객님."

자리에서 일어나 공손하게 인사를 하며 자리를 안내했다.

짧게 친 커트머리를 한 여직원.

깔끔한 화이트 블라우스에 블루 체크가 프린트된 제복을

입고 있었다.

입가에는 여느 직원들과 같이 상큼한 미소를 한가득 베어 물었다.

"통장 개설 좀 하러 왔습니다."

"네~ 먼저 신분증을 주시겠습니까."

이런 일이 한두 번이 아닌 듯 다른 건 묻지 않았다.

"고객님, 그럼 편안하게 일 보십시오."

나를 안내한 청원경찰이 뒤에서 인사를 해왔다.

"네, 수고하세요."

나는 고객들을 위해 마련된 가죽 소파에 앉은 채 인사를 했다.

나보다 한참 연배가 있는 청원경찰.

고객과 고객의 안전을 위한 청원경찰의 입장.

자본주의 사회의 신랄한 단면을 확인하는 순간이었다.

이제 겨우 스무 살이 된 나를 향해 거의 90도 각도로 인사를 하고 돌아서는 그의 모습이 도덕적으로 받아들이기 낯설었다.

'이런 것도 익숙해져져 하겠지.'

어쩌면 내 스스로 감당해야 하는 사회생활의 단면에 불과할 풍경일 것이다.

앞으로 이런 일은 나에게 있어 비일비재하게 일어날 테

니까 말이다.

이미 나이를 떠나 결과적인 것으로 현실을 평가하고 받아들이게 되는 사회 구조.

물론 교육을 받아서이기도 하겠지만 내가 받아들이기 낯설다고 해결할 수 있는 방법도 없었다.

다만 나는 이곳을 찾은 고객이고 그는 고객의 안전을 위해 고용된 사람이라는 것뿐.

나도 정중하게 인사를 받고 인간적인 관계를 유지할 뿐이었다.

"여기 체크해 드린 부분에 서명해 주십시오. 그리고 실명 확인은 도장으로 하시겠습니까, 사인으로 하시겠습니까?"

"사인으로 하겠습니다."

"네, 그럼 서명하시면 됩니다."

VIP룸 한쪽으로 나를 상대하는 여직원 말고도 한 명이 더 있었다.

모두 두 명의 여직원이 자리를 하고 있는 VIP룸.

칸막이를 두고 안쪽에 있는 공간은 또 다른 VIP들을 상대하는 곳 같았다.

역시 걸러지고 또 걸러지는 공간이었다.

상품이 다른 것도 아니고 돈이다 보니 그럴 만도 하겠다는 생각이 들었다.

나는 공공연하게 돈의 액수에 따라 차별과 차별이 연속되는 금융기관의 한 모습을 대면하고 있었다.

돈장사하는 곳다웠다.

스슥.

"글로벌 계좌를 개설하시려면 오른쪽에 체크해 주십시오."

"알겠습니다."

내가 사인을 할 때마다 유심히 살피고 있던 여직원.

체크가 돼 있지 않았지만 내가 잠시 멈칫하자 눈치 빠르게 안내했다.

가슴에 착용한 명찰에 과장 오루비라고 돼 있었다.

독특한 이름이다.

"어머, 야구 선수셨군요."

직업란에 기재한 야구 선수라는 글자를 보고 놀라워했다.

"네."

"어느 구단 소속이세요? 제가 야구 왕팬이거든요."

방금 전과 다소 달라진 듯한 오루비 과장의 태도.

직업란을 채우고 나자 좀 더 부드러워진 목소리로 대해 왔다.

"신인입니다."

"호호호, 그런 것 같았어요. 이래 봬도 제가 모르는 국내 선수들은 없거든요."

웃음소리가 시원시원했다.

같은 은행 업무가 아니었다.

은행원들 중에서도 선발된 이들 중에 엘리트급만 와서 앉아 있을 VIP 룸.

고객을 대하는 데 평범한 것 같으면서도 기분을 잘 맞춰 주고 있었다.

"어디 팀이세요? 아직 1군은 아니신 듯한데……."

살짝 오버하는 경향이 없지 않았지만 주민번호 앞자리를 확인하고는 한층 편안하게 말을 건네는 것이 느껴졌다.

"자이언츠입니다."

"롯데 자이언츠요? 서울에서 경기가 있었나요? 제가 모르는… 경기……."

"그 자이언츠가 아닙니다."

"네? 그럼… 일본 요미우리……."

점점 난해한 표정이 되는 은행 여직원의 모습으로 보아 궁금증이 증폭되는 듯했다.

"샌프란시스코 자이언츠요."

"네에! 새, 샌프란시스코 자이언츠요!"

'그렇게까지 놀랄 일인가…….'

있을 수 없는 일이라는 듯 화들짝 커지는 오루비 과장

의 눈.

전혀 예상 밖이라는 표정이다.

"아직 정식 선수는 아닙니다. 계약을 오늘 할 예정이거든요."

"아!"

나는 대수롭지 않다는 듯 담담하게 말을 돌렸다.

"여기… 입금할 돈입니다."

스윽.

놀라워하는 오루비 과장 앞으로 바닥에 내려놓았던 백을 들어 쓰윽 내밀었다.

"바, 바로 처리해 드리겠습니다."

앞으로 내민 쇼핑백을 공손하게 끌어당기며 정신을 가다 듬는 애써 차분한 목소리로 대답하는 은행원 오 과장.

"어멋!"

역시 백을 열어 보고 다시 한 번 놀랐다.

'적은 돈이 아니군…….'

2억 5천이라는 돈을 보고 저렇게까지 놀랄 거라고는 생각하지 않았다.

은행에서 근무하다 보면 수억에서 수십억 자산가들을 상대하는 것은 보통일 테니까 말이다.

오루비 과장은 내가 내민 현찰 2억 5천을 앞에 두고 깜짝 놀라 있었다.

"입출금이 자유로운 자유예금으로 넣어주십시오."

"아, 알겠습니다."

여직원은 나를 좀 더 유심히 살폈다.

아무래도 나이도 한참 어린 데다 샌프란시스코 자이언츠 구단과 계약을 앞두고 있다는 말을 들어서이기도 할 것이다.

또 2억이 넘는 돈을 현찰로 들고 왔으니 이런 상황이 흔한 일은 아닐 터.

반짝반짝.

'…왜 저래?'

그때 옆 칸에 있던 다른 여성 직원이 눈을 반짝이며 나를 쳐다보았다.

대놓고 위아래로 훑는 눈에는 존경의 빛이 흘렀다.

타다닥 타닥.

그리고 아직 상황이 잘 정리되지 않은 듯 오루비 과장은 기계적으로 컴퓨터 자판을 두들겼다.

"고객님, 원두커피와 한라산 자연 녹차 티가 있습니다. 무엇으로 드릴까요?"

언제 다가왔는지 보이지 않았던 여직원 한 명이 바짝 다가와 서 있었다.

그녀 역시 과장이라는 직책이 이름 앞에 새겨져 있었다.

친절이 더해지고 있는 VIP 룸.

'나중에 계약금이라도 들고 오면… 어떻게 하시려고 들……'

돈이 왕인 세상의 일면이었다.

이미 은행 한 곳에서부터 현실을 몸소 깨닫게 해주고 있었다.

이래서 너 나 할 것 없이 돈 돈 돈 하는 세상이 된 듯했다.

'수백억 던지면 완전 왕 되겠네.'

금융기관에서부터 돈의 많고 적음으로 왕 중의 왕을 뽑아내 대접하고 있었다.

이들의 기준으로 나는 이미 왕의 반열에 들어선 듯했다.


"루니, 유니폼과 선수 카드 개런티는 어떻게 책정할 생각이죠?"

"제시카, 그건 아직……."

'바보 천치들 같으니.'

제시카가 머물고 있는 하야테 호텔의 커피숍.

본격적으로 강민을 에이전시하기 시작한 제시카.

그리고 샌프란시스코의 극동 스카우터이자 계약 담당자

루니 윌슨이 계약서 초안을 작성하고 있었다.

그 어디에서도 이런 계약서는 존재하지 않았다.

또 이렇게 진행되는 계약도 없었다.

오픈 시즌이 되면 각 구단은 선수지명제도를 활용해 신인 선수들을 발굴했다.

그렇지 않을 때는 세계 각국을 돌며 실력 있는 선수들을 FA로 영입한다.

그중에 메이저리그 사무국이 중심이 돼 포스팅 시스템이라는 비공개 경쟁입찰 방법을 통하는 것이 일반적이다.

미국이나 캐나다 이외의 선수들을 영입할 때 주로 사용한다.

하지만 시즌 중에 이렇게 선수를 발굴해 자유계약을 하는 경우는 이례적인 일이다.

계약금 내지 옵션 조항들은 선수와 구단과의 자유계약에 의해 처리되었다.

물론 강민이 제시한 조항들처럼 특수한 상황은 거의 없었다.

쓸 만한 선수들은 각 국에 퍼져 있는 스카우터들이 이미 대부분 파악하고 있었다.

또한 한국이나 대만, 일본 같은 아시아에서 활동하는 투수나 타자들은 메이저리그에서 통할 만큼 수준이 준수한 이들이 극히 드물었다.

그러다 보니 지금 자이언츠 구단 측에서도 강민을 어떻게 활용해야 하는지 잘 모르고 있었다.

"그럼 강민 선수 유니폼은 우리가 제작해서 구단에 제공하는 건 어때요? 그렇게 되면 초상권이나 기타 비용 면에서 다른 선수들과 약간의 차이가 발생하게 될 거예요."

"제시카, 강민의 실력은 인정하겠어. 하지만 메이저리그에서 단숨에 스타가 되기 쉽지 않다는 걸 알잖소. 3년짜리 계약도 아니고 한 시즌 계약이라는 게……."

루니와 자이언츠 구단의 입장도 난감하기는 마찬가지였다.

지명 신인들의 경우 연봉 조정신청 자격이 주어지는 3년 동안 최저 30만 달러 정도 수준으로 써먹을 수가 있었다.

하지만 강민은 한 승당 100만 달러를 요구하고 있다.

이것은 각 팀의 초특급 에이스에게나 해당되는 조건이다.

승률이 어느 정도 보장되는 에이스들.

그들은 1년에 2,000만 달러를 훌쩍 뛰어넘는 거머쥐었다.

또 타자들 같은 경우는 3,000만 달러를 웃도는 몸값을 가진 이들도 있었다.

강민은 누가 봐도 이에 해당되는 인물이 아니었다.

루니나 자이언츠 구단의 입장도 있었다.

단 한 번도 라운드에 얼굴을 비친 적 없는 신인에게 이렇게 파격적인 계약이 없었다.

"그래서 옵션 계약이 들어가 있잖아요."

제시카도 루니에 밀리지 않았다.

"패전 투수가 되거나 2점을 내주는 경우. 7이닝을 채우지 못할 때 등 그 경기의 승부에 관계없이 안 받겠다고 한 조건은 보이지 않는 거예요?"

"하하하, 제시카. 정말 몰라서 그래? 내가 무슨 말을 하는지 당신이 더 잘 알잖아."

제시카는 물론 루니 역시 이 바닥에서는 프로였다.

이 계약 조건들은 빤히 밖으로 새어나가게 돼 있고 그 파장은 적지 않을 것이다.

"제정신이 아니라고 하겠죠."

"그 정도가 아니라고. 이런 조건이 언론이나 다른 선수들에게 알려지는 순간 당신이나 나나 미친 사람이라고 손가락질당하는 건 기본이야. 106마일을 던지는 채프먼도 피안타율이 장난 아닌 걸 알잖아."

"다른 사람들 평가 따위 중요하지 않아요. 나는 나를 믿어요. 루니 당신은 어때요?"

"나도 당신의 판단을 믿어. 그렇지 않았다면 강민과 계약하지 않았을 거야."

"아니요, 나를 믿지 말아요. 당신은 당신을 믿으면 돼요."

"물론 나는 나를 믿어. 제시카."

제시카의 말이 무슨 말인지 루니 역시 충분히 알고 있다.

하지만 수십 년 야구 선수와 스카우터 경력을 갖고 있는 루니로서도 이 계약 조건은 이해하기가 어려웠다.

강민의 실력이 수준 이상이라는 것은 확인했다.

루니의 눈으로 직접 확인한 만큼 강민의 앞으로의 실적을 지켜볼 것이다.

그러나 메이저리그에 올라 신인이 7이닝 이상 던지고 2점 이하의 점수를 낸다는 것은 말처럼 쉽지 않다.

"루니, 계약이 이 정도 파격적이라는 게 재미있지 않아요? 다저스가 미친 야생마 덕분에 10연승을 하고 있잖아요. 자이언츠에 그런 일이 벌어지지 말라는 법이 없다구요."

"제시카, 그 야생마는 타자라고."

"루니, 강민의 타격 수준도 좋다고 알고 있어요."

"제시카, 그래 봐야 기껏 5일에 한 번 등판할 뿐이잖소.

그것도 선발로 확정된 경우에나 가능한 일이고……."

강민의 투구에 관련한 자료를 구단에 보냈고 구단 측에서는 잡아오라고 했다.

보라스보다 상대하기 더 까다롭다는 로얄 썬 라이징 에이전트사의 부사장 제시카 로엘.

다른 것보다 제시카의 파격적인 제안에 구단도 혼란에 빠졌다.

신인에게 계약금 100만 불에 1승당 100만 불이라는 옵션이 걸린 일은 과거에도 없었고 앞으로도 있을 수 없는 일이었다.

그러나 부정적이지만은 않았다.

롱 이닝 소화와 2점 이하의 점수에서만 받겠다는 옵션 조항.

붙잡아둘 수 있는 옵트 아웃 기간이 대단히 짧았지만 강민이 제안한 조건이 나쁜 것만은 아니었다.

물론 현재 지구 최하위를 달리는 자이언츠를 한순간 메이저리그 연속 우승 자리에 올려놓겠다는 포부까지는 믿지 않았다.

야구는 혼자서만 잘해서 우승할 수 있는 게임이 아니었다.

게다가 현재로서는 선발로 모든 승수를 채워도 지구 우

승이 불가능했다.

전설적 타자인 베이브 루스처럼 매 경기에 출전할 수 있는 인물이라면 모를까 말이다.

"그래서 유니폼이랑 선수 카드 제작도 하지 않겠다는 거예요?"

"제시카, 선발에 등판해 승수를 쌓는다 해도 당장 내년에는 구단에 존재하지 않는 선수야. 그런 그를 위해 그렇게까지 해야 할 이유를 모르겠소."

제시카는 계속해서 루니가 주저하는 이유를 이해하기 어려웠다.

"자이언츠는 그럼 강민에게 뭘 원하는 거죠?"

"당신, 다 알면서 모른 척하기요. 팀이 워낙 침체돼 있고 관중수도 연패에 줄어들고… 중계권 계약 기간도 다가오니……."

"루니, 착각하고 있는 것 같아 다시 말해주겠어요. 강민은 지금까지 나와 당신이 봐왔던 선수들과 달라요. 오늘까지 우리 중 그 어떤 누구도 강민 같은 사람을 만난 적이 없으니까요."

제시카의 눈빛은 단호했다.

"사실 인정하죠. 나도 강민의 능력이 어디까지인지 확인하지 못했어요. 그러나 이것만은 분명해요. 자이언츠가 그를 소홀하게 대한다면 그만큼 엄청난 손해를 입게 될 거라는 것 말이에요."

루니의 눈에 비친 제시카의 모습은 그간 그 어떤 계약 자리에서도 보지 못했던 모습이었다.

그만큼 제시카가 확신에 차 있다는 말이 되었다.

"음……."

루니는 제시카의 협박 아닌 협박에 신음만 흘렸다.

사실 급하게 진행되고 있는 계약인만큼 기본 계약금과 옵션 조항을 빼고 대부분 루니에게 위임되어 있었다.

메이저리그 우승 뒤 값이 좋을 때 팔아먹은 주축 선수들 덕분에 사치세를 물지 않을 정도로 구단 자금에 여유가 있었다.

다저스같이 한 해 연봉이 1억 3천만 달러를 훌쩍 넘지도 않았다.

하지만 연봉이 무서워 선수 계약에 소홀히 하다가는 다른 문제들이 발생하게 된다.

주 수입원인 입장료, 중계권료 등 여러 물품 판매대금에서 손해를 볼 수 있었다.

지금 제시카가 요구하고 있는 유니폼만 해도 상당한 수입원이었다.

걸출한 스타 한 명이 한해에 팔아치우는 유니폼 풀세트

10만 장만 계산해도 220.9달러짜리가 2천만 달러를 넘겼다.

파급 효과가 큰 히어로에 약한 미국 시민들.

야구팬들을 비롯해 일반인들의 뇌리에 각인될 만큼 강한 인상을 남기게 될 때는 수천 달러에서 멈추지 않았다.

그 수입은 기하급수적으로 늘어나게 된다.

"…유니폼을 제작하도록 하겠소. 선수 카드도 함께 말이요."

"당연히 그래야죠, 루니. 판단 잘한 거예요. 유니폼이나 선수 카드 계약도 옵션 조항에 넣도록 해요."

"옵션?"

"강민 선수의 유니폼이 만 장을 넘길 때마다 기본 초상권 사용료를 1프로씩 올려주는 내용을 넣어야죠. 결산은 시즌이 끝난 뒤에 하는 걸로 하고요."

"그, 그건……."

제시카의 제안에 루니는 다시 한 번 당황했다.

"최고 상한액을 30프로로 정하면 되잖아요."

그제야 찡긋 윙크를 날리는 제시카.

제시카가 제안한 내용 역시 그 어떤 계약서에도 존재하지 않았던 조항이다.

이 말은 강민의 유니폼을 최고 30만 장까지 팔겠다는 말이다.

특급 선수도 기껏해야 20만 장 정도가 한계였다.

"하하하, 당신이 원한다면 제시카. 그렇게 하지."

루니는 하는 수 없이 제시카의 계략에 넘어가는 척 흔쾌히 승낙했다.

'잘해 봐야 몇만 장이겠지.'

구단 측에서 손해 볼 일은 없어 보였다.

몇만 장에 그친다 해도 구단 입장에서는 꽤 남는 장사를 하는 셈이었다.

그 정도만 팔아도 충분히 연봉을 주고도 남았다.

"그럼 계약 조건에 추가 기재해요. 유니폼과 선수 카드는 1만 장당 1프로씩 상향 조정한다는 내용도 포함해서."

"숙소는 어떻게 하겠소?"

"그건 신경 쓰지 말아요. 에이전트 쪽에서 숙소와 경비 일체 모든 걸 부담할 테니까요."

제시카의 말에 루니의 두 눈이 휘둥그레졌다.

"신인에게 가히 파격적이군……."

"루니, 난 작은 판에는 끼지 않아요."

제시카의 진심이 담긴 대답이었다.

"알지, 그럼. 제시카 당신이 누군데."

루니 윌슨은 그간 제시카의 행보를 잘 봐왔다.

절로 고개를 끄덕이는 루니.

'적어도 쉽게 무너지지는 않을 거야. 역시 손해 날 일도
없을 거고.'

루니는 제시카의 모습에서 더욱더 확고하게 심지를 다졌
다.

단 두 구를 뿌렸다.

그 정도로 강민의 재량을 모두 확인할 수는 없었다.

하지만 분명한 것은 지금까지 봐왔던 그 어떤 선수들보
다도 가능성이 높다는 것이다.

초속뿐만 아니라 종속까지 갖추고 있는 괴물급 선수다.

투심 97마일도 가히 놀라웠지만 슬라이더까지 97마일을
찍었다.

계약이 가능했던 것도 그 이유 때문이었다.

그러나 분명한 것은 메이저리그는 그냥 야구 경기가 아
니라는 것이다.

100마일 직구를 홈런으로 펑펑 때려 치는 선수들이 1번
부터 9번까지 즐비했다.

그런 타자들을 상대해야 한다.

몇십 구도 아니고 7이닝을 책임지기 위해서는 위력적인
공을 100구 이상 뿌려야 한다.

성과가 좋지 않을 때는 여차하면 몇만 달러 쥐어주고 중

간계투로 써도 무방할 것이다.

이렇게라도 해서 계약하는 결정적 이유는 다저스에 빼앗기지 않기 위해서다.

운 좋게 괴물 같은 거물 두 놈을 영입해 연승을 구가하고 있는 다저스.

같은 서부 지구에 속해 있다 보니 경쟁이 치열할 수밖에 없었다.

"비자는 어떻게 하기로 했나요?"

"일단 사무국에 협조 공문을 보냈고 대사관에 연락을 넣어놨어. 계약서와 여권만 제출하면 바로 나올 거야."

"메디컬테스트는 가자마자 잡도록 해요."

"물론이지~"

가계약을 맺었다 하더라도 메디컬테스트를 통과하지 못하면 무효가 되었다.

아무리 구속이 좋고 실력이 받쳐줘도 망가진 신체로는 메이저리그에서 결코 살아남을 수 없었다.

'강민, 이제 내가 할 일은 다 끝나가. 이제… 네가 할 일만 남았어.'

가계약서 초안을 처음부터 꼼꼼하게 다시 살피는 제시카 로엘.

두 눈동자가 앞으로 펼쳐질 무한한 가능성에 대한 희망

으로 생기 있게 반짝였다.

분명 강민은 세상에 다시없을 거물급 최고의 상품이었
다.

사업도 사업이지만 그를 발굴해 낸 에이전트로서의 마음
이 더 뿌듯한 순간이다.

제4장
보고 싶네……

마스터 K

"멈추십시오."

끼익.

'하아, 얼마나 그리웠던 곳인가…….'

한국 고등학교 정문 앞.

미끄러지듯 차가 멈추자 제복 차림의 수위 아저씨가 앞을 막아섰다.

"어떻게 오셨습니… 어?"

"안녕하세요~! 그동안 잘 지내셨어요?"

"가, 강민 하, 아니 학생이 아니지. 자네가 여긴……?"

이미 나와 같은 또래 아이들은 모두 졸업을 한 시점.

학교 다니던 몇 달 동안 대대적으로 국민적 영웅 노릇을 한 탓에 수위 아저씨도 나를 기억하고 있었다.

잠시 기숙사 생활을 할 당시에도 교내에서 일을 보는 분들에게 예의 바르게 행동했던 나였다.

꼬박꼬박 인사성도 좋았던 나를 기억하고 있는 것은 어쩌면 당연했다.

"네. 저예요, 아저씨. 강민입니다."

"아니, 이 친구 그동안 어디를 갔었나?"

"설악산에서 도 좀 구하고 왔습니다."

"도? 하하하."

정문 앞을 지키는 수위 아저씨는 오십대 초반 정도의 연세.

듣는 사람도 기분 좋게 호탕하게 웃음을 터뜨렸다.

"오랜만에 학교 좀 둘러보고 싶은데 들어가도 돼요? 그때 인사도 제대로 못 드리고 떠나서요."

그랬다.

친구들은 물론 선생님들께도 인사 한마디 못하고 양 도사에게 끌려갔었다.

"그럼, 물론이네. 졸업생은 아니지만 자네만큼 이 학교 위상을 높인 사람도 없지 않겠는가."

"고맙습니다."

"그래~ 종종 놀러오게."

"네~!"

스르륵.

'자동이네……'

학교 내로 진입을 차단하는 차단기가 올라갔다.

수위실 안에서 아저씨가 바로 조작을 했다.

한창 등교 시간에는 열어놓는 듯하고 수업 시간이 시작되면 외부인 출입을 확실하게 통제하는 것 같았다.

교문 앞 풍경이 이렇게 바뀐 것도 당연하다.

당시 교장 샘도 맞닥뜨렸던 일본 닌자 소녀.

안팎으로 안전을 꾀해서 나쁠 것은 없었다.

부우웅.

은행 업무를 마치고 제시카와의 약속 시간까지 약간의 여유가 있었다.

싸티 은행에서의 일은 모두 잘 처리됐다.

메이저리그 야구 선수라는 말에 통장 개설 도중 지점장까지 나와서 인사를 해왔다.

아직 정식 계약서를 쓰지도 않았음에도 미리 안면을 터놓기 위한 행동 같았다.

마지막 공인인증서 발급까지 신청을 하고서야 은행을 빠

져나왔다.

그리고 곧장 한국 고등학교로 향해 왔다.

잠깐 생긴 여유의 시간에 학교를 둘러보고 싶었다.

끼릭.

학교 내 주차장에 차를 세웠다.

'교장 샘만 제발 피하자.'

이름까지는 모르겠지만 실제 나와 안다고 할 만한 사람은 선생님 몇 분이 다였다.

당시 나는 1학년이었고 동기생들이 졸업한 마당에 현재 재학생들 중에서는 나를 알아볼 사람이 없었다.

덜컥.

성인으로서 손수 운전을 하고 한국 고등학교에 찾아왔다.

기분이 꽤 좋았다.

졸업까지는 하지 못했지만 추억이 많은 곳이다.

나는 차에 굴러다니던 선글라스를 집어 멋지게 꼈다.

그리고 옆자리에 다소곳이 놓은 장미꽃 한 송이를 들었다.

탁!

힘 있게 차 문을 닫았다.

오는 길에 꽃집에 들러 산 푸른 장미 한 송이.

마음은 백합을 구입하려고 했다.

하지만 들어서자마자 눈에 확 띄는 푸른 장미에 저절로 손이 갔다.

저벅저벅.

주차장을 벗어나 계단을 통해 학교 본관으로 향했다.

'여전하네.'

아직은 오전 수업이 진행되는 시간.

체육 특기생들의 쩌렁쩌렁 울리는 소리는 들을 수 없었다.

조용한 학교의 전경.

'아쉬워, 역시.'

고작 석 달 정도의 학교생활을 끝으로 영영 안녕이 되어 버린 나의 고교 생활.

이렇게 다시 와서 마주하게 되니 아쉬운 마음이 더 크게 들었다.

나의 마지막 십대가 그렇게 사라져 버렸다.

내 인생에 주어지는 휴가였다고 한다면 너무 짧게 끝나 버렸다.

그간 설악산에 보냈던 치 떨리던 3년이라는 시간에 비하면 짧아도 너무 짧았다.

고작 10분의 1.

뭇 선생님들과 학생들에게 나름 관심을 받고 지냈던 그 때 그 시절.

그 시절의 학교는 완벽하게 나의 놀이터나 다름없었다.

하지만 현실은 전혀 그렇지 못한 상황.

졸업도 못한 퇴학생 신분이 나의 현실이었다.

나는 잠시 걸음을 멈추고 눈앞에 펼쳐진 한국 고등학교 전경을 바라보았다.

곧 미국에 들어가게 되면 언제 다시 이곳에 오게 될지 모른다.

'달라진 게 거의 없어.'

나의 눈에는 3년 전과 달라진 게 없어 보였다.

함께 공부하던 학생은 한 명도 없지만 학교 건물들은 그대로였다.

각종 방위를 완벽하게 계산해 그에 맞게 건설한 학교 건물들과 교목들.

약간 빛바랜 사진처럼 색의 변화가 미미하게 눈에 띄었지만 아직 기억 속의 풍경 그대로다.

우면산 쪽에서 불어오는 산바람.

그 바람에 배인 산내음과 정든 운동장과 교실 등.

"하아아……."

나는 깊게 숨을 들이켰다.

과거 잠깐 동안 함께했던 나의 시간들을 들이마셨다.

아무리 아쉬워한다 해도 한 번 흘러가 버린 시간은 다시 되돌릴 수 없는 법.

그건 전능한 창조주라 해도 불가능한 일.

저벅저벅.

추억을 더듬으며 교정을 가로질러 중앙 본관으로 방향을 잡았다.

가장 궁금했던 한 사람.

나의 마음도 발걸음도 한곳을 향해 멈추지 않고 움직였다.


띠리 띠리리 브브브브 바바바바바 ~

공간을 가득 채우며 울려 퍼지는 선율.

바흐의 무반주 바이올린 파르티타 제3번 BWV 1006번의 곡이다.

또로로로.

평범한 일상이 시작되었다.

가늘고 긴 손가락이 언제나처럼 녹차 한 잔을 다기에 채운다.

한결같은 옷차림.

새하얀 가운 소맷자락 끝으로 드러난 손등과 가는 손가락이 눈부시다.

따듯한 녹차를 채운 푸른 찻잔을 들어 올리는 여인.

특별히 알고 지내던 친구가 보내온 지리산 야생 녹차다.

자연의 기운을 흠뻑 품고 있어 한 잔만 제대로 마셔도 세속의 번뇌가 다 가시는 듯하다.

향도 향이지만 맛 또한 일품이다.

스릅.

가볍게 향을 맡고 작고 붉은 입술을 차 한 모금에 적셨다.

허리까지 닿은 긴 생머리가 잔잔한 물결처럼 찰랑거렸다.

하얀 가운 아래로 드러난 매끈하게 드러난 눈부신 종아리.

시선이 절로 갔다.

그리고 편안한 실내화를 신은 그녀의 모습에서 더없이 소탈하고 차분한 기운이 풍겼다.

찻잔을 든 채 창가로 다가섰다.

조그마한 얼굴에 커다란 눈망울.

코끝이 둥글고 얼굴선이 부드러운 데다 피부까지 고와

아직도 이십대 초반 여성으로밖에 보이지 않았다.

마치 이제 숙녀가 된 소녀를 보는 듯한 느낌이다.

"아, 이 봄도 곧……."

귀로는 주변 공간을 가득 채운 선율을, 눈으로는 창밖의 풍경을 감상했다.

그리고 조용히 차를 음미하는 그녀 차은지.

창밖으로 보이는 교정 곳곳에 봄이 깊게 물들고 있었다.

다른 여느 학교 교정보다 수목이 풍성한 한국 고등학교.

고등학교 양호실 선생님으로 재직 중이지만 엄연히 의사 자격증을 소지하고 있었다.

그녀의 목소리에서 아쉬움과 그리움이 함께 묻어났다.

"올해도 이렇게… 그냥 가는 걸까……."

3년 전 봄.

그때도 이맘때쯤이었다.

꿈처럼 아주 짧은 시간이었지만 충분히 강렬했던 기억들.

봄날 하늘을 가득 메우던 꽃잎들처럼 어느 날 찾아왔던 소년.

어디로 가버렸는지 사라져 버렸다.

어느 날 찾아왔던 것처럼, 어느 날 그렇게 눈앞에서 사라져 버린 것.

제대로 된 인사 같은 것은 생각할 틈도 없었다.

잘 가라는 인사도 없이 사라져 버린 소년의 그림자는 생각보다 오래 주변에 머물렀다.

이후 문밖에서 똑똑 하는 소리만 들려와도 거침없이 뛰던 심장.

언제나 그랬던 것처럼 노크 후 문을 열고 들어서며 눈부시게 환한 웃음을 짓고 서 있을 것 같은 환상에 괴로웠다.

가슴 두근거리며 뛰게 했던 소년.

나이를 뛰어넘고 찾아왔던 이성에 대한 호감이 함께 고개를 들었다.

한때 극구 부정했었다.

선생님으로서 지켜야 하는 도덕적 신뢰가 무너질 수도 있다는 생각에 자재했다.

학생에 대한 지나친 호감은 부정한 감정으로 변질될 수도 있다고 스스로를 단속하기도 했다.

그렇게 보내온 시간이 3년을 채우고 있었다.

그 긴 시간 동안 부정할 수 없는 사실 하나를 깨닫게 되었다.

누군가를 좋아한다는 건 그 어떤 장애도 뛰어넘게 만드는 용기가 생긴다는 사실.

나이 따위는 상관할 바도 아니라는 것.

이성과 지성의 수준이 나이에 비례하지는 않았다.

아직 어리지만 성숙한 정신세계를 소유한 이들이 분명 있다는 사실을 알게 된 것만으로도 감사했다.

하지만 그것을 알았을 때는 그 소년이 눈앞에 없었다.

그 소년이야말로 진정 후자에 속한 이였다.

주변에 흔하게 널린 다른 이들과 달랐다.

깊고 투명한 사색을 즐기던 자신과 대화가 통하던 유일한 친구였다.

미래의 성공 지도를 그려가는 학생들과 달리 이미 자신의 미래를 위해 명확한 지도를 그려놓았던 강민.

그 평평한 지도 위에 우뚝 서서 삶의 주체로서 당당했던 그의 모습들이 지금도 눈앞에 선했다.

차 한잔을 나눈 날은 집에 돌아가는 길도 행복했었다.

다음 날이면 그 친구를 다시 볼 수 있다는 충만한 그리움이 여실히 현실로 나타났기 때문이다.

그러나 이별의 폭풍은 생각지 못한 순간에 차은지의 일상을 휩쓸고 지나가 버렸다.

그 어떤 준비도 없는 상태에서 맞은 이별.

모두에게 한결같이 열려 있던 공간에 특별한 한 사람으로 찾아들었던 그가 찾아오지 않았다.

따듯한 차와 고요한 음악을 준비해도 오지 않는 날이 길어졌다.

다시 그 어느 날처럼 조용히 찾아와 차를 마시고 따듯한 일상의 대화를 할 수 있게 되기를 소망했던 차은지.

그녀의 바람은 이루어지지 않았다.

그리고 들려오기 시작한 엄청난 소문들.

언론에 노출될 정도의 사건에 연루되었다는 소문과 동시에 영영 사라져 버린 것이다.

거짓말처럼 나타났다 거짓말처럼 사라져 버린 한 소년의 흔적.

매일 그가 노크하는 소리가 들리는 듯 환청에 시달렸다.

현실은 냉혹했다.

그 누구도 흉내 낼 수 없는 긍정의 기운을 풍기며 찾아왔던 그의 모습은 다시 볼 수 없었다.

"하아."

이런 날이면 그에 대한 그리움은 더 커졌다.

가슴 깊은 곳으로부터 밀려 올라오는 한숨은 차은지의 작은 입술을 비집고 흘러나왔다.

어떤 누구에게도 얘기할 수 없었던 그 시절의 추억.

현재까지도 아픔으로 남아 있었고 이 순간에도 진행 중이었다.

사람에 대한 그리움이 이토록 가슴 아픈 것인 줄을 차은지는 알지 못했었다.

오직 혼자만이 간직한 괴로움이었기에 그 어떤 누구의 위로도 도움이 되지 않았다.

차은지 인생에는 없었던 첫사랑과 짝사랑의 이중주가 동시에 연주되고 있었다.

창밖으로 보이는 하늘은 눈물이 날 만큼 맑고 청명했다.

노크와 동시에 성큼 열린 문으로 들어서면서 들려주던 활기 넘치던 웃음소리.

띠리 뜨르르 띠리리리리.

선명한 바이올린 음률만이 무심하게 차은지의 주변을 맴돌았다.

띠릭.

차은지는 스마트폰을 들었다.

티딕.

가벼운 조작에 갤러리에 저장된 셀카 사진 한 장이 화면에 떴다.

자신과 이마를 맞대고 환하게 웃고 있는 강민의 모습이 눈에 들어왔다.

어느 나른한 오후.

수업을 마치고 여느 날처럼 찾아와 사진을 찍자며 강민이 남겨놓은 사진이다.

사진 속 얼굴은 아직 소년에 가까운 모습이다.

사라락.

차은지는 길고 가는 손가락 끝으로 화면 속 강민의 얼굴을 쓸었다.

문득 그가 떠오르고 그리울 때면 이 한 장의 사진을 열어보았다.

어디서 무엇을 하고 있는지.

살아는 있는 건지.

어떻게든 알게 되다면 지금 당장에라도 찾아갈 자신이 있었다.

하지만 당시에는 상상할 수 없었다.

이성과 감성.

세상 모든 사람들의 눈이 두려웠다.

새장 속에서만 살던 새에게 열린 창공은 두려움의 대상일 뿐이듯 차은지에게 당시의 상황은 그랬다.

그러나 지금은 달랐다.

그리움과 기다림의 시간은 차은지에게 용기를 주었다.

"보고 싶네… 오늘은… 더…….."

사진 속의 환하게 웃는 소년과 눈을 맞추는 차은지.

그럴수록 감정은 더욱 세찬 파도를 타고 출렁거렸다.

온몸을 전율케 하는 감정의 소용돌이가 차은지를 흔들었다.

"하아…….."

한숨은 더욱 깊어지고 길어졌다.

똑똑.

그때 문밖에서 들려오는 노크 소리.

자동문이었지만 대개가 먼저 정중하게 노크를 해왔다.

차은지는 감정을 추슬렀다.

"누구세요?"

깊게 빠져들던 상념에서 깨며 스마트폰을 뒤집어 내려놓고 자리에서 일어났다.

지금은 수업이 진행되고 있을 시간이다.

급한 용무가 아니라면 찾아올 이가 없는 시간이었다.

가끔 여학생들이 한 달에 한 번 찾아오는 손님 때문에 종종 수업 시간에 빠져나와 오기도 하지만 말이다.

사박사박.

하얀 가운 자락을 살짝 날리며 문 쪽으로 다가가는 차

은지.

똑똑.

또다시 문밖에서 들려오는 노크 소리.

"누, 누구세요?"

한 번쯤 노크를 하다 대부분 안으로 들어왔다.

두 번씩 노크를 하는 일은 드물었다.

차은지의 발걸음은 문 앞에 멈춰 섰다.

스르륵.

문이 조용히 열렸다.

"……??"

하지만 열린 문밖에는 아무도 보이지 않았다.

"누, 누구세요?"

순간 심장이 거침없이 뛰기 시작했다.

입 밖으로 나온 목소리는 이미 떨리고 있었다.

스윽.

갑자기 열린 문 왼쪽 보이지 않는 곳에서 쭉 뻗어 나온 손.

남자의 손이다.

그리고,

그 손에는 푸른 장미 한 송이가 들려 있었다.

"누구……."

순간 당황한 차은지는 말을 잇지 못했다.

"하하하, 그동안 잘 지내셨습니까!"

"……."

차은지는 자신의 귀를 의심했다.

꿈이 아니라면 그의 목소리가 분명했다.

귓가에서 언제나 울리던 음성.

스윽.

할 말을 잃고 멍하니 서 있는 차은지 앞으로 큰 그림자 하나가 나타났다.

"아!"

순간 앞이 캄캄해졌다 서서히 밝아져 왔다.

앞의 나타난 그림자의 정체가 눈에 비치는 순간 차은지는 자신도 모르게 휘청였다.

"엇!"

사라락.

그때 놀란 그림자의 남자가 재빨리 손을 뻗어 차은지의 허리를 받쳤다.

순식간에 일어난 일.

쿵! 쿵!

차은지는 거침없이 뛰기 시작한 심장을 진정시킬 수 없었다.

파르르르.

이미 두 눈은 꿈같은 순간을 붙들기 위해 감아버렸다.

가만히 내려앉은 눈꺼풀이 파르르 떨리는 게 느껴졌다.

"선생님! 괜찮으세요?"

귓가에서 바로 들려오는 목소리.

눈을 감은 채 그토록 상상했었던 순간이 현실로 나타났다.

그의 목소리가 바로 귓가에서 울리고 있었다.

'와, 왔어… 그가 왔어……'

차은지는 남자의 팔에 안긴 채 벗어날 생각도 하지 못했다.

갑자기 찾아온 환희의 감동만이 온몸을 감쌌다.

또로로록.

감정적인 컨트롤을 전혀 할 수 없는 상황에서 그녀의 볼을 타고 맑은 눈물이 하염없이 흘러내렸다.

어느 날 갑자기 그가 나타나 주기를 얼마나 바랐었던가.

꿈처럼 다시 예전과 같은 일상을 맞고 싶었던 차은지였다.

차은지의 오른쪽 손이 가만히 남자의 옷자락 끝을 움켜쥐었다.

눈을 뜨는 순간 거짓말이 되어 버릴 것 같은 기분이 들었다.

마치 밤새 악몽 속에서 누군가를 놓쳐 버리고 헤매다 다시 현실로 돌아온 듯했다.

제5장

미친 계약

"차 마실 거죠?"

"아이스커피로 한 잔 마시겠습니다."

"전 지금까지 일하느라 식사도 못했는데 혼자 먹고 오는 법이 어디 있어요? 기억해 둬요. 에이전트와 선수는 한 몸 처럼 움직여야 한다구요."

'헐. 한 몸?'

제시카의 표현이 좀 과하게 들렸다.

어떻게든 나와 한번 엮이기를 기대하는 제시카의 행동은 과거나 지금이나 별반 달라진 게 없어 보였다.

그리고 나는 조금 전 한국 고등학교에서 제대로 힐링의 시간을 맛보고 왔다.

먹지 않아도 배가 부를 지경이다.

나의 팔에 안겨 잠깐 휘청거렸던 차은지 샘.

새하얀 깃털처럼 거의 무게가 느껴지지 않았다.

혹 하고 안기는 순간 백합꽃 향기가 어지럽게 코끝을 자극했다.

올해로 이십대 후반의 나이에 접어들었음에도 청초한 소녀 같은 모습을 잃지 않고 있었다.

아주 잠깐 내 품에 안긴 채 사르르 얼굴을 붉혔었다.

그리고 3년 전에 그랬던 것처럼 핸드드립 커피 한 잔을 내려주었다.

양호실 안에는 여전히 잔잔한 바이올린 선율의 클래식 음악이 흐르고 있었다.

과거처럼 많은 대화가 있지는 않았다.

당시 이미 친구 사이였던 차은지 샘과 나.

많은 말을 할 필요도 없이 미소 지으며 서로의 안부를 확인했다.

몇 마디 오간 대화 속에 잘 지냈냐는 말과 대답이 전부.

예전보다 더 아름다워졌다는 나의 립 서비스에 얼굴을 붉히며 환하게 웃던 차은지 샘의 모습은 아직도 순수하기

이를 데 없었다.

잠깐 차를 마시는 사이 점심시간이 되었다.

차은지 샘이 싸온 야채 샌드위치를 내놓아 간단한 요기를 하고 약간의 시간을 더 보냈다.

시간은 그 어느 때보다 천천히 흘러갔다.

음악을 들으며 잠깐의 명상을 즐겼고 나른하게 몸과 마음을 이완시켰던 시간이었다.

얼마 만에 느껴보는 양호실에서의 평온한 시간이었던가.

그동안 흘러가 버린 시간이 무색할 만큼 전혀 어색하지 않았던 시간.

과거의 시간들은 별개로 느껴졌다.

굳이 교장샘과 담임선생님을 찾아가지는 않았다.

나를 팔아먹었다고 봐도 무방할 역적 교장샘.

그래도 나의 안부를 그나마 가장 궁금해했을 것 같아 차은지 샘을 만나러 간 것이다.

나에게 주어진 한국에서의 시간이 많지 않은 이상 아무에게나 시간을 쪼개줄 수는 없었다.

만족스러웠다.

양호실을 나설 때 나를 바라보던 차은지 샘의 촉촉한 눈빛.

마치 깊은 산속 옹달샘처럼 맑은 눈빛이었다.

다시 들르겠다는 말을 남기고 돌아섰지만 그때가 언제가 될지는 나도 몰랐다.

요즘 재학생들은 양호실을 찾는 경우가 거의 없는 듯했다.

내가 머무는 시간 동안 학생들이 한 명도 찾아오지 않았다.

덕분에 나는 차은지 샘과의 충분한 시간을 가졌지만 말이다.

"근데 정말 점심 누구와 먹었어요? 예린이?"

벌써부터 나의 일거수일투족에 지대한 관심을 보이고 있는 제시카.

"천사랑요."

"……??"

'상상도 안 되실 겁니다.'

순간 의구심이 가득한 눈빛으로 나를 살짝 흘기는 제시카.

아무리 봐도 차은지 샘과 제시카는 극과 극을 달리는 두 사람이었다.

물론 제시카 역시 천사 못지않게 아름다웠다.

그러나 종류가 다르다는 것.

"계약 내용은 조율이 잘됐습니까?"

"네? 네."

나는 말머리를 돌려 화제를 일 얘기로 바꿨다.

"이쪽에서 제시한 조건들이 모두 수용됐습니까?"

"그럼요~ 보이는 모습처럼 유능하다구요."

'제대로 계약관계가 되는 건가.'

일이 이렇게 진행되고 보니 지난 과거가 새삼스러웠다.

3년 전 제시카의 교사로서 봤던 모습과 지금의 모습은 역시 달라진 게 많다.

한국 고등학교 재학시절 제시카는 하버드 대학교 박사 출신의 당당하고 멋진 여성이었다.

물론 지금도 마찬가지다.

대신 나와 대등한 관계에서 일에 관해 얘기하고 있고 굳이 따지자면 을의 입장을 취하고 있다는 것이다.

철저한 사업가로서의 면모가 엿보였다.

그런 모습에 신뢰가 갔다.

유교 사상이 깊게 뿌리 내린 한반도 역사 이래 한 번 스승은 영원한 스승이어야 한다.

그러나 아메리카 사고방식은 전혀 다르다는 것.

게다가 제시카 역시 교사의 직분을 사명감으로 갖고 한국 고등학교에 재직했던 것이 아니었다.

그렇기 때문에 지금의 관계가 가능했는지도 모른다.

그만큼 나도 편해졌다.

"헤이, 제시카~"

'왔군.'

샌프란시스코 자이언츠 스카우터 루니다.

배가 툭 튀어나온 모습이 전형적인 미국 중년의 모습이
다.

얼굴 가득 함박웃음을 지으며 다가오는 루니.

"오! 루키 히어로 민!"

정면으로 다가와 나를 향해 느끼한 미소를 날렸다.

"어서 오세요, 루니."

나는 앉아 있던 자리에서 일어나 루니를 맞았다.

"나 이래서 개인적으로 동양 청년들 좋아한다니까. 예의
가 바르단 말이야. 몸에 배어 있어~"

제시카와 달리 루니는 나에게 편하게 말을 놓았다.

안면을 튼 지 얼마 안 됐고 그것도 두 번밖에 만나지 않
았다.

그럼에도 당장 옆집에 사는 아저씨처럼 대해왔다.

비쩍 말랐던 다저스의 폴과는 성격이 많이 달랐다.

이 정도로 친분을 과시해 오는 걸 보면 나 역시 필이 왔
다.

전생에 나와 몇 번 엮인 인연 정도로 해석할 수 있다.

그것도 착한 인연.

이런 만남 하나하나까지도 전생의 인연에 의해 엮인다고
했다.

물론 양 도사는 그런 낌새를 빨리 알아채기 위해서라도
기감이 발달해 있어야 한다고 주장했었다.

괜히 뭣 모르고 악연을 선연으로 착각해 뒤통수 맞는 일
을 만들지 말라고 말이다.

수행을 하다 보면 자연스럽게 알게 되는 악연과 선연의
고리가 있다고 했다.

맞닥뜨린 인연이 설사 악연이라 해도 그것을 갚지 않고
흘려보내면 자연스럽게 그 고리가 정화되어 옅어진다는 것
이다.

그리고 선연은 더욱 색이 짙어져 더하면 더할수록 좋은
복 밭이 된다고 했다.

"루니, 아직 자이언츠 소속이 아니에요. 내 고객이라구
요. 예의를 지켜줘요."

되레 나보다 제시카 쪽에서 더 정색을 하고 나왔다.

철두철미한 비즈니스 마인드를 소유한 사람임이 분명했
다.

"하하하, 알았다구 제시카. 아시아 쪽에 오래 살다 보니
나도 모르게 습관이 돼서~"

제시카의 말에 손사래를 치며 자리를 찾아 앉는 루니.

"어때요. 계약서 최종 승인은 받았나요?"

"제시카, 숨 좀 돌리자고."

루니가 자리에 앉으며 재촉하는 제시카에게 말했다.

"보스가 화났어. 자는 시간에 전화했다고 말이야."

아무래도 시간 차가 있다 보니 일을 처리하는 데 난처한 상황이 벌어졌던 것 같다.

"다시 말해줘요? 그건 루니 사정이에요."

"하아, 이럴 때마다 제시카 당신 마녀 같은 거 알아?"

얼굴에는 화사한 꽃처럼 웃음을 만들어냈지만 입 밖으로 내뱉는 말들은 지극히 사무적인 제시카.

"어떻게 됐어요?"

"뭐, 당연히 오케이지. 이 엄청나고 황당한 계약서에 보스도 오케이했다고."

"호호, 잘됐어요. 루니, 당신 이번에 행운의 카드를 손에 쥔 거예요."

"제시카, 제발 그렇게 되게 해줘. 작년에 우승한 것을 팬들은 기억해 주지 않아. 언제든 연승에 목말라 있다고."

"알아요. 여기 민만 믿어요. 당신 팀에 승리의 반지를 선물할 거예요."

"말만 들어도 기분이 환상인걸."

"계약서를 보고 싶습니다."

"여기 있어요. 최종 협의 내용이 다 들어가 있으니 확인하고 사인만 하면 돼요."

제시카가 두툼한 서류 봉투를 내밀었다.

스윽.

꽤 많은 양의 계약서를 빠르게 훑었다.

'이 말도 안 되는 계약서가⋯⋯.'

어이없게도 무식한 계약 내용들이 모두 수용돼 있었다.

내가 제시한 내용들이지만 세상 어디에도 이런 내용의 계약 조건이 있다는 말은 들어보지 못했다.

물론 이런 계약서가 세상에 존재할 리도 없었다.

나는 이들이 볼 때 실력을 완전히 검증하지 않은 신인.

그리고 1승당 100만 달러를 제공하고 7이닝을 채우지 못하거나 패배하면 돈을 지불하지 않겠다는 내용이 추가돼 있었다.

게다가 7이닝까지 2실점 이하로 던지겠다는 에이스급 투구 내용도 들어 있었다.

분명한 것은 절대 자이언츠가 손해 보는 계약은 아니었다.

그러니 루니가 말하는 다저스 측의 보스도 계약을 승낙한 것이다.

또 투수들 중에 7이닝을 채우는 이들은 드물었다.

한편 퀄리티 스타트라고 하는 6이닝 3자책점은 투수를 판단하는 데 중요한 자료가 된다.

평균 7이닝에 2실점 정도라면 각 팀의 1, 2 선발감이 되는 것이다.

'확실히 뽑아내겠어.'

내가 할 수 있는 것을 해야 할 기회가 온 것이다.

월드시리즈 우승을 이뤄낸다면 1,000만 달러의 보너스까지 챙길 수 있게 된다.

후반기에 얼마나 등판하게 될지는 모르지만 100억이 넘는 보너스를 챙기지 못하면 이 계약 조건은 모두 말 그대로 헛소리에 지나지 않았다.

기회를 잡지 못하면 강민이 아니었다.

"다 좋은데… 추가 조건이 있습니다."

나는 재빨리 계약서를 검토한 후 입을 열었다.

제시카가 직접 검토한 계약서답게 그녀의 꼼꼼한 성격이 그대로 드러나는 서류였다.

토씨 하나 틀리지 않고 완벽했다.

단 하나의 조건만 빼고 말이다.

"뭐가 빠졌나요?"

"더 추가할 내용이 있나?"

조용히 계약서를 검토하던 내가 말하자 제시카와 루니가 동시에 당황하며 물었다.

"홈런이나 타율, 도루에 관한 옵션이 빠졌습니다."

"뭐, 뭐?"

"민……."

역시 상상을 초월하는 나의 태도에 당황하는 두 사람.

"1홈런당 1만 달러."

"……."

"……."

제시카와 루니는 일단 할 말을 잃은 듯 나를 멍하니 쳐다 보았다.

눈빛은 거의 해도 너무한다는 듯한 표정.

"20홈런일 경우 100만 달러를 보너스로 제공하고 21홈 런부터는 1홈런당 10만 달러를 추가 제공해 주십시오. 또 한 100타석 기준 타율이 4할 이상일 때는 격려 보너스로 100만 달러, 5할 이상은 300만 달러를, 도루는 10개 이상부 터 1개당 1만 달러. 이렇게 계산해서 받고 싶습니다."

"……."

턱을 아래로 떨어뜨린 채 나에게서 시선을 떼지 못하는 루니.

나의 또 다른 조건이 황당함을 넘어서고 있음을 두 사람의 표정에서 읽을 수 있었다.

"서, 선발 투수 한다고 하지 않았나?"

"네."

"그런데……."

왜 불필요한 것들에 에너지를 쏟느냐는 말투다.

하지만 나의 입장은 간단했다.

"혹시 몰라서 넣는 겁니다."

"호호 호호호호."

그 순간 갑자기 웃음을 터뜨리는 제시카.

대신 루니의 얼굴은 있는 대로 일그러졌다.

"루니, 보스에게 전화해 봐요. 뭐 나쁠 것 같지 않은데
요."

제시카가 바람을 넣었다.

"이왕 이렇게 된 거 사이영상을 수상하거나 올해의 신인
왕 등에 선발되면 추가로 500만 달러. 어떻습니까?"

나는 자연스럽게 제시카가 일으킨 바람에 몸을 실었다.

"…자네 실력은 나도 알겠지만 메이저리그를 너무 우습
게 보는 것 같군."

사람 좋아 보이던 루니의 표정에 불쾌감이 돌았다.

메이저리그의 실력있는 스카우터로서 나에게서 오만함
을 느낀 듯했다.

"메이저리그는 실력으로 말하는 곳 아닙니까. 저는 그렇게 알고 있습니다."

양 도사에게 6년을 당한 나였다.

프로의 할아비가 온다 해도 미래를 위해 진격하는 나에게 제동을 걸 사람은 없었다.

"만약, 제 실력이 양에 차지 않는다면 생각하고 계신대로 방출하십시오. 그리고 그로 인해 손해를 볼 때에는 어느 정도 여기 제 에이전트가 책임을 질 겁니다."

나는 바통을 제시카에게 던졌다.

한 번 딜을 한 이상 뒤로 물러나는 것은 있을 수 없는 일.

더구나 시간이 많지 않은 상황이다.

"물론이에요. 민이로 인해 불상사가 일어나게 된다면 그에 대한 내용도 계약서에 명시하겠어요. 나와 썬 라이징 에이전트사가 책임을 지는 내용으로 말이에요."

역시 한 번 문 먹잇감을 놓칠 리 없는 제시카.

덥석 문 채 더 깊이 이빨을 밀어 넣었다.

그만큼 나를 믿는다는 말이 될 것이다.

"음……."

신음만 토하는 루니.

"루니, 조건이 나쁘지 않다고 생각해요. 어차피 민이를 스카웃하는 것 자체가 모험이에요. 민이 말대로 자이언츠에 손해가 될 일은 전혀 없을 것 같은데. 제 생각이 틀린가요?"

"그 어느 계약서에도 없는 파격적인 조건이라……. 사무국에서 통과를 시켜줄지 모르겠어. 선수 조합에서도 문제를 삼을 수도 있고……."

선뜻 오케이를 하지 못하고 주저하는 태도를 보이는 루니.

"아무도 관심 없는 자유 계약이에요. 사무국에서도 내용을 보면 파격이라고 생각하겠지만 법적으로 아무 문제가 없어요. 선수 조합에서도 환영할 만한 내용이지, 브레이크를 걸 개제는 아니에요."

제시카가 앞뒤 설명을 붙여 능숙하게 열변을 토했다.

"…보스와 통화를 하고 오겠소."

급기야 루니가 자리에서 일어났다.

"그래요~"

"다녀오십시오."

혼자서는 결정할 수 있는 사항이 아닌 것이다.

스윽.

양해를 구하고 자리에서 일어난 루니의 어깨가 무거워 보였다.

얼굴에는 생각이 많아지면서 웃음기가 사라졌다.

나를 상대하는 일이 골치 아플 만도 할 것이다.

통으로 하는 계약서들만 들고 다녔을 스카우터 루니.

말은 자유 계약 조건들이었지만 이렇게 세부적으로 보너스 조건을 내거는 것은 듣도 보도 못한 일일 것이다.

그러나 어쩔 것인가.

나는 루니가 그동안 무수히 발굴해 냈을 신인들과 다른 나일 뿐인 것을.

"멋져요~"

"……??"

"어때요? 나중에 스포츠 선수 말고 에이전트가 되는 거 말이에요? 민이처럼 이렇게 말도 안 되는 조건들을 제시하는 계약 대상자는 처음 봐요. 호호호호."

말을 하다 말고 웃음을 터뜨리는 제시카.

그녀로서는 이 상황이 재미있게 해석되는 모양이었다.

"루니 표정 봤어요? 그가 그렇게 당황하는 것을 본 적이 없어요. 호호호, 아마 지금 머리가 터져 버릴 지경일 거예요."

'제시카, 이 정도는… 아무것도 아니죠.'

지난 시간들을 내가 그냥 유야무야 보낸 것이 결코 아니었다.

설악산에 처박혀 양 도사에게 무술과 독기만을 습득한

것이 아니라는 말이다.

기본적으로 사람 환장하게 만드는 기술.

이는 단연코 양 도사로부터 직접 습득한 기술이다.

약간의 업그레이드를 통해 무식한 조건을 제시하고 합당하게 획득하는 일명 무식획득신공도 함께 연마했다.

세상에 내로라하는 천하의 사기꾼도 양 도사 앞에서는 맥을 추지 못할 것이다.

몇 마디 말을 섞기 시작하면 저절로 양 도사의 말발에 딸려 양 도사가 하라는 대로 할 수밖에 없다.

나는 그런 광경을 여러 번 목격한 사람이다.

해병대는 고사하고 군대와 인연이 없는 양반이 바로 양 도사.

그런 분이 안 되면 되게 하라는 정신으로 똘똘 뭉쳤다.

어찌 보면 완전 꼴통인 양 도사.

가장 세밀하게 개발돼 있는 양 도사의 능력 중 하나가 상대의 약점을 이용하는 신공이었다.

잘 잡은 약점 하나 평생을 뜯어먹을 수 있다는 신념으로 절대 한 번 잡은 약점은 쉽게 놓치지 않았다.

끝까지 물고 뜯으며 질기게 자신의 목표한 바를 이룰 때까지 이용했다.

그 방면에 있어서는 능가할 자가 없을 만큼의 대단한 능력자였기에 따를 수밖에 없었다.

나에게 있어 갑일 수밖에 없는 양 도사.

대신 나는 상대방의 약점을 이용하지 않는다는 것이 양 도사와 입장을 달리했다.

뿌리가 다르니 뻗어가는 방향도 다를 수밖에.

나는 나의 능력을 잘 알고 있다.

그런 만큼 배짱을 부리는 것이다.

뻔히 당첨 번호를 미리 알고 형식적인 절차를 위해 번호를 적어내는 이의 심정과 같다고나 할까.

"무리한 조건 같습니까?"

"민, 아마 민이 아닌 다른 선수였다면 루니를 소개하지도 않았을 거예요."

제시카의 표정이 진지해졌다.

"한마디로 말하면 오늘 이 계약서의 내용들은 모두 미친 조항들이에요. 비정상적인 조항들의 연속이라고나 할까요."

제시카도 인정하는 미친 계약.

"이번 계약이 무산된다 해도 문제는 없겠죠?"

뜻대로 계약이 이행되면 좋겠지만 불발이 될 수도 있었다.

말 그대로 미친 계약이니까 말이다.

"그럼요~ 비자 받는 데 시간이 좀 걸리겠지만 문제없어요. 로얄 썬 라이징 에이전트사는 강민을 최우선으로 적극 밀 생각이니까요."

다저스는 사인 전이지만 제시카 측과는 이미 계약이 성사돼 있는 몸.

한 몸까지는 불가능하겠지만 두 마음은 품지 말아야 하는 것이 신의다.

한 방향을 향해 갈 것인가를 결정하기 전까지는 수없이 고민을 거듭해야 하는 게 맞다.

그러나 상대와 함께 같은 길로 가기로 정했다면 눈에 띄는 실수가 있기 전까지는 상대를 믿고 가야 한다.

그게 바로 사람이 사람과 관계를 성립해 사는 세상의 방식이다.

"어떠세요. 자이언츠 쪽에서 수락할 것 같습니까?"

"당연하죠. 계약서에 내용을 추가한다고 해도 절대 불가능한 일들이라고 생각할 거예요. 대신 메디컬테스트 때 민이의 정신 감정서도 추가하라고 하겠죠."

싱긋 입가에 재미있는 웃음을 지으며 나를 쳐다보는 제시카.

'그래. 적당히 미쳐야 세상은 돌아가는 거야.'

미칠 때 제대로 미쳐야 한다는 말을 언젠가 접한 적이

있다.

돈도 미쳐야 벌 수 있는 법.

개설해 놓은 싸티 은행 예금 통장에 숫자들이 늘어나는 것을 볼 수 있다면 이 정도 미친 짓도 해볼 만하다는 생각이 들었다.

대신 정당하게 벌어들인 나의 수고에 대한 대가인 것이다.

아직 이렇다 할 경력이 전무한 나로서는 자유 계약 선수의 장점을 최대한 활용할 수밖에 없다.

이 역시 다른 한편으로 보면 지금껏 그 어느 곳에도 적을 두지 못했던 불쌍한 나의 인생에 대한 또 다른 보상이라 할 수 있겠다.

제대로 걸리기만 하면 대박 플러스 인생이 되는 것이다.


"보스, 말이 안 된다는 거 압니다. 그 자식 아무래도 미친 게 아닐까요?"

"하하하, 정말 재미있는 친구 같군."

"재미있다고요? 투수적 재능은 인정합니다. 하지만 메이저리그를 동네 야구 수준 정도로 보고 있습니다. 투수가 최고 타자들이 내거는 조건을 언급하다니⋯ 제시카가 아무래도 그 자식한테 사심이 있는 것 같습니다."

시가지가 한눈에 들어오는 호텔 창가 쪽에 서서 통화를 하는 루니 윌슨.

휴대전화를 붙들고 열변을 토하고 있었다.

자이언츠 단장 오라이언 사빈에게 어제 오늘 제시카와 강민에게 쌓였던 감정을 격하게 드러냈다.

"사인해 줘."

"네? 진담이십니까?"

구단의 운명과 선수 영입에 관한 전권을 행사하는 오라이언 사빈 단장의 말에 깜짝 놀란 루니.

"모르겠나? 어차피 그 녀석과 한 계약은 미친 계약이야. 거기에 그딴 내용 하나 추가한다고 더 달라질 것도 없다는 말이야."

"그, 그래도 다른 선수들의 입장……."

"달라질 게 없어. 녀석이 요구하는 조건들은 모두 불가능한 조항들이야. 제정신일 리가 없어."

사빈 단장은 강민이 일부 객기를 부리는 것이라고 생각하는 듯했다.

아시아 쪽에서 흘러들어 오는 선수들이 메이저리그에 몸을 담는다는 것 자체가 현실적으로 어려웠다.

운이 좋아 얻게 된 기회를 최대한 뽑아먹겠다는 심산쯤으로 보는 것이다.

"그, 그렇군요."

"시간 끌지 말고 사인해. 팩스로 넣으면 사무국에 통보해 비자 발급 서류 보낼 테니 바로 데려와. 어떻게 생긴 놈인지 구경이나 하게."

"바로 메이저리그에 등판시킬 생각이십니까?"

"그런 조항은 없지 않나?"

"네, 메이저리그 등판 조항은 없습니다."

"그럼 됐어. 데려와서 마이너리그에 밀어 넣고 테스트해 보면 답 나오겠지. 계약금 100만 달러야 다저스 놈들에게 빼앗기지 않는 대가로 쳐도 되잖아."

자이언츠에서 내놓는 100만 달러는 신인 계약금으로 평범하게 지급하는 수준의 액수였다.

자이언츠 소속 선수들 중 메이저리그에서 움직이는 선수들의 연봉이 보통 9,000만 달러.

강민이 요구하는 100만 달러는 자이언츠 입장에서 그저 그런 금액에 불과했다.

"보스 뜻대로 하겠습니다."

"제시카에게 찍히지 마. 그녀 덕에 다저스 놈들도 펄펄 날고 있는 거 잊지 말라고."

"…네."

현재 무적의 연승을 거두고 있는 진격의 다저스 뒤에는

단장의 말대로 제시카가 있었다.

그녀를 통해 계약한 선수들이 버티고 있는 것이다.

그들을 스카웃할 당시에는 일본 투수들 영입에 열을 올리고 있었던 루니.

결국 한발 늦었던 루니도 제시카에게 한 방 먹은 케이스였다.

그때도 적지 않은 투자금을 밀어 넣고 영입했던 한국 투수 류.

이건 완전 물건이었다.

1선발 급까지는 아니었어도 팀의 선발로서 든든하게 마운드를 지켜내자 돈질했던 다저스의 능력이 백분 활용되면서 높게 평가되었다.

곧이어 결과도 드러났다.

자이언츠는 월드시리즈를 위해 급하게 사들였던 선수들을 곧장 방출했다.

그러면서 지구 최하위권으로 추락해 버린 자이언츠.

그와 달리 다저스는 새로 발굴한 보물 선수들을 끌고 가면서 1, 2위에 드는 강팀이 되어버렸다.

"그럼 수고하고. 나머지는 자네 선에서 알아서 해. 오늘 와이프 생일이라 이 시간 이후로는 전화 못 받을 거야."

"알겠습니다, 보스."

"힘내, 루니. 난 자네를 믿어."

"네, 보스."

"그럼."

"쉬십시오."

띠릭.

사빈 단장과의 긴 통화를 마친 루니 윌슨.

"휴우······."

긴 한숨만이 흘러나왔다.

몸을 풀지 않은 상황에서도 강속구를 뿌렸던 강민.

투수석에 올라서 평범하게 뿌린 공이였다.

연투 능력까지는 확인하지 못했지만 그 정도 능력이라면 마무리나 중간 계투로 충분히 활용할 수 있을 거라는 판단에 무조건 잡으려고 했던 것이다.

다저스의 폴까지 입맛을 다시던 상황이었기 때문에 더 놓치면 안 된다고 판단했다.

그래서 더 강력하게 강민 영입을 위해 구단을 설득했고 계약을 진행할 수 있었다.

하지만 처음과 달리 약간 건방지게 나오는 태도가 거슬렸다.

예민하게 반응하고 있는 게 아닌가 루니 스스로 자신을 뒤돌아봤지만 젊은 친구의 말투에 신경이 거슬렸던 것은 사실이다.

루니 윌슨 역시 꿈에만 그리던 메이저리그.

수백만 선수가 미치도록 서고자 하는 마지막 무대.

그런 메이저리그를 아무나 씹을 수 있는 껌 취급을 하는 것 같아 잠시 화가 치밀었다.

"그래, 확인하고 난 뒤에 밟아도 늦지 않아."

잘못되면 일부 제시카의 책임도 물을 수 있었다.

"후~"

루니는 심호흡을 통해 감정을 차분하게 가라앉혔다.

지난 시간을 되짚어 보면 이런 일이 비일비재했다.

그러나 강민 뒤에는 제시카가 있다.

또 제시카 뒤에는 로얄그룹이 존재했다.

그녀가 바로 로얄그룹의 차기 상속인에 포함되어 있다는 사실을 잘 알고 있기에 이 말도 안 되는 계약을 밀고 나갈 수 있었다.

문제가 발생한다 해도 뒤처리 면에서 두려워할 필요가 없는 것이다.

강민으로 인해 문제가 발생하지 않는다면 다행이지만 문제가 된다면 제시카가 먼저 움직이게 돼 있었다.

바로 로얄그룹 측에 흠을 남기지 않기 위해서 일이 꼬여도 그녀가 풀게 돼 있기 때문이다.

저벅저벅.

루니는 다시 제시카와 강민이 기다리고 있는 커피숍으로 걸음을 옮겼다.

"그래도 이건… 미친 짓이야."

하지만 마지막까지 상한 자존심을 일으켜 세워줄 수 있는 것은 아무것도 없었다.

다만 혼자 뱉는 자존심의 한마디뿐.

지금까지 살면서 단 한 번도 본 적 없는 메이저리그 계약.

긍정도 부정도 할 수 없는 루니 윌슨은 고개만 절레절레 흔들었다.

제6장
호랑이의 방문

부우우우우웅~!

휘리리리릿.

"바로 이 맛이야!"

가볍게 차를 몰았다.

창문을 열자 시원하게 불어 들어오는 바람.

고생 끝에 낙이라는 말을 제대로 실감하고 있었다.

자이언츠 구단과의 계약까지 멋지게 마무리하고 돌아가는 길.

가계약금 10만 달러가 제시카 쪽 계좌로 입금되면서 계약의 효력이 발생했다.

잠깐의 뜸을 들였던 루니의 흔쾌한 수락으로 이후 얘기는 수월하게 마무리됐다.

한국 고등학교에서의 시간과는 전혀 다른 시간처럼 흘러갔다.

순식간에 흘러가 버린 시간.

계약서의 세부 내용과 메이저리그에 관한 소문들의 진상을 듣게 된 자리.

업계 관계자들을 통해 직접 듣는 재미가 쏠쏠했다.

계약 건에 관한 것을 빼고 이런저런 얘기를 하다 보니 어느새 저녁 시간이 되었다.

떡 본 김에 제사 지낸다고 제시카가 간단하게 술 한 잔씩 더 하자고 의견을 냈다.

하지만 특별한(?) 제시카의 부탁을 가볍게 거절했다.

'2000년도에 들어 국제적으로 스카웃된 선수는 나 혼자라는 거지…….'

그 자리에서 오간 비사 중에는 자이언츠 이야기도 들어있었다.

1990년대 먹튀 사건으로 제대로 이름을 날린 페르난데스 덕분에 이후 자이언츠는 국제 스카웃에 치를 떨었다고 했다.

그러다 다저스의 류를 비롯해 일본 선수들의 성장이 눈에 띄게 좋아지자 뒤늦게야 합류하게 되었다는 것이다.

그 선두에서 키를 잡고 움직이는 루니.

대만과 일본, 한국의 기존 선수들뿐만 아니라 쓸 만한 고등학교 선수들까지 모두 꿰고 있었다.

"내년에 일본 선수와 선발 경쟁할 수 있다고? 푸하하. 장난인 줄 아시나……."

계약서는 분명 반년이라는 옵트 아웃 내용이 추가되어 있다.

그럼에도 내년까지 시간을 끌 생각을 하고 있었던 본심을 불시에 드러내고 말았다.

말도 안 되는 헛소리.

나의 1년은 다른 이들의 10년과 맞먹는 가치를 지녔다.

결코 함부로 시간을 낭비할 수 없다.

"진정 불꽃이 뭔지 보여주겠어!"

나의 안팎으로 갖춰진 내공 정도면 종합 무술인으로 불려도 과하지 않았다.

기본적으로 한민족의 정기와 깡다구를 갖고 이 땅에 태어났다.

또한 종합무술의 교과서인 장생신선술을 일정 경지에 도달했을 만큼 수련했다.

이쯤 되면 두려울 게 없는 게 바로 나였다.

단지 야구는 미국으로 건너가기 위한 특급 열차표 같은 역할을 할 뿐이다.

내 인생을 걸고 목표한 바는 골프다.

골프를 하기 위해서 나는 세상으로 나가는 중이고 야구는 징검다리 역할을 하고 있는 것이다.

"덕아웃에 땀 냄새가 넘쳐 나겠지? 에휴."

한국 고등학교 재학 시절 잠깐 야구부를 도왔던 일이 떠올랐다.

그때도 수컷들이 팍팍 풍겨내던 그 시큼하고 텁텁한 호르몬과 땀 냄새에 멀미가 멈출 날이 없었다.

지금 생각해도 머리가 어지러울 지경이다.

"예린아~ 예린아~ 이 오빠가 간다."

약속한 대로 예린이에게 한 턱 쏴야 했다.

내 힘으로 번 10만 달러.

날이 밝는 대로 제시카가 나의 싸티 은행 계좌로 수수료를 제하고 입금해 주기로 했다.

사업에 관련한 업무에 있어서는 그 어느 때보다 철저한 제시카.

계약과 계약금에 관해 얘기를 나눌 때와 마무리에 술을 마시자고 유혹할 때 모습은 전혀 다른 사람 같았다.

믿음직한 사업 파트너로 보였다.

한때는 사제 지간이라는 관계에 있었던 제시카와 나.

지금은 전혀 다른 상황에서 새로운 관계가 되었다.

한국 정서에 얽매어 정으로 엮인 게 아니라 처음부터 나를 상품으로 보았던 제시카였기에 오늘이 관계가 가능했다.

"빠르면 이번 주라……."

생각했던 것보다 일이 빠르게 진행되었다.

아무래도 나의 실력을 직접 확인해 보고 싶은 듯 자이언츠 구단 측에서 적극적으로 나왔다.

번갯불에 뭐든 다 구워 먹을 기세다.

정도의 차이는 있었지만 내가 원하던 쾌속 순항임은 분명했다.

띠리리리 띠리리리.

'누구?'

운전 중 울린 휴대전화.

차에 장착된 스피커폰으로 연결했다.

띠릭.

"민아!"

'오래 참는다 했다.'

통통 튀는 목소리.

반가움이 가득한 목소리로 예린이가 나를 불렀다.

나를 물가에 내놓은 어린아이 취급하며 나를 걱정하고 있었을 것이다.

"어디야?"

"히잉, 왜 연락도 없었어. 수업 끝나고 보기로 했잖아~ 서방님 기다리는 망부석 놀이 중이란 말이야."

이제는 대놓고 농담을 하는 예린이.

그만큼 나를 편하게 대하기 위해 노력하는 것이라고 받아들였다.

"저녁은 먹었어?"

"아직 너도 안 들어왔는데 어떻게 혼자 먹어~"

"그럼 예쁘게 준비하고 있어. 10분 정도면 도착할 거야."

"뭐야 뭐야. 계약 끝났어?"

"응, 가계약했어."

"와아~! 축하해~!"

진심으로 기뻐하며 환호성을 치는 예린이.

내심 나와 헤어져야 한다는 게 서운하기도 할 텐데 자신의 일처럼 기뻐했다.

"먹고 싶은 것도 생각해 둬."

"응, 아무거나 다 괜찮은 거지?"

"그럼~ 말만 해. 오늘은 이 오빠가 다 사줄 테니까."

"우아앙! 좋아 좋아."

부족할 것 없고 아쉬울 것 없는 예린이의 삶.

내가 지금까지 살아온 삶의 모습과는 많이 달랐다.

그럼에도 나의 몇 마디 말에 행복해하는 예린이의 모습은 나까지 덩달아 즐겁게 만들었다.

오성그룹의 차기 주인이 될 수도 있다던 예린이.

'오늘 제대로 놀아줄게.'

그간 예린이에게 받은 관심과 애정을 밥 한 끼로 갚을 수는 없었다.

미안했다.

어쩌면 내가 계획했던 일들이 더 빨리 진행될 수 있었던 것도 모두 예린이 때문에 가능했는지도 모른다.

설악산에서 양 도사에게 붙잡히지 않고 도주할 수 있었던 것도 마찬가지다.

그런 은인과도 같은 예린이에게 더 많은 시간을 쪼개줄 수 없는 게 미안했다.

출국하기 전에 조금이라도 더 내 마음의 짐을 덜고 싶었다.

나를 향한 예린이의 아낌없는 무한 지원.

부모님이 계시지 않는 나의 삶에서 그 누구보다 더 나를 위해 아끼고 후원하는 사람이었다.

띠이이 띠이이.

'어?'

예린이와 통화 중에 전화가 들어왔다.

"예린아 이따 보자."

"응! 완전 기대해."

다른 어느 때보다 더 맑고 신이 난 예린이.

띠릿.

나는 예린이의 전화를 넘기고 가볍게 터치를 해 다음 통화를 연결했다.

"여보세요?"

개통한 지 얼마 되지 않은 따끈따끈한 휴대전화.

등록돼 있는 번호도 예린이와 세아 누나.

그리고 오후에 만난 차은지 샘이 다였다.

그렇다면 전화를 해온 사람은 예린이를 제외하고 나머지 두 사람 중 한 명이어야 한다.

그러나 뭔가 불길함이 스쳤다.

"…미, 민아……."

"……!!"

순간 스친 불길함은 현실로 다가왔다.

나의 직감은 적중했다.

머릿속을 강타하고 지나가는 그 무엇.

두려움에 떠는 듯한 여성의 목소리가 전화기 너머에서 흘러나왔다.

"누, 누나 무슨 일 있어??"

당황스러웠다.

"강민 씨 맞습니까?"

분명 처음 들려온 목소리는 세아 누나의 음성이었다.

하지만 대답은 중저음 성량을 갖고 있는 중년 남성의 굵직한 목소리였다.

'이놈은 누구야.'

짐작이 가지 않는 수상한 상황.

신경이 바짝 서며 날카로워졌다.

"누구십니까."

하지만 이럴 때일수록 침착하게 대처해야 한다.

'⋯⋯.'

평범한 자는 아니었다.

이미 남자의 음성에서 특수한 기운이 전해져 왔다.

보통 사람 같은 경우라면 타인의 신변에 위협을 가했을 시 심장이 놀라 목소리가 떨리게 돼 있다.

그러나 폭행을 일상의 업으로 삼은 자들은 웬만해서는 전혀 동요하지 않는다.

살생을 업으로 하는 이들이 하루에도 무수히 많은 살아

있는 것들을 죽이면서도 자각하지 못하는 것과 같은 이치
다.

하지만 지금 상황이 어떤 건지 짐작할 수 없었다.

"방금 장세아 씨가 납치되는 걸 구했습니다."

"네? 나, 납치요!"

'이런 개새끼들!'

사실 여부를 확인할 수는 없지만 상대 남자의 말대로라
면 누군가에게 세아 누나가 해코지를 당한 것 같았다.

전화를 받은 사람 역시 믿을 수는 없었다.

대신 목소리가 거짓말을 하고 있는 것처럼 들리지는 않
았다.

"믿을 수 없습니다."

"장세아 씨를 바꿔드리겠습니다."

"미, 민아!"

"누나!"

피 한 방울 섞이지 않은 남이었지만 세아 누나를 향한 나
의 마음은 애틋했다.

처음부터 나를 친동생 이상으로 챙겨주었던 세심한 세아
누나.

사랑하는 사람에게 상처받고 어쩌지 못해 여린 마음을
혼자 감당했을 만큼 따스한 마음을 소유한 사람이었다.

이번에는 그런 누나에게 좋지 않은 일이 생긴 것이다.

그것도 나의 출현과 함께.

"괜찮아? 어떤 놈들이야?"

다급해진 나는 앞뒤 없이 물었다.

마음이 급했다.

과거 세라 때가 떠올랐다.

몸이 하나인 게 못내 안타까웠다.

누군가를 보호한다는 데 한계가 있는 나의 현실이 다시 한 번 확인되고 있었다.

분명 나의 약점을 잡고 있는 자들의 비열한 행동이 분명했다.

나도 모르게 이가 갈렸다.

"지, 지금은 괜찮아. 운동하고 나오는데 갑자기 생긴 일이었어……."

세아 누나의 말을 들어 보니 운동을 하고 나오는데 지하 주차장에서 갑자기 나타난 의문의 사내들이 납치를 감행했다는 것.

지금 전화를 받아준 사람이 다행히 그때 옆에 있었던 사람이라고 했다.

'계획적으로 벌인 납치군. 뭔가 이상해.'

그렇다면 세아 누나의 동태를 파악하고 있었다는 말이

되었다.

목표는 세아 누나가 아니다.

장씨 아저씨를 감시하던 놈들과 연관이 있을 것으로 생각되었다.

"지금 어디야? 위치 확인 가능해?"

인연으로 따지자면 세아 누나와의 인연은 그 누구보다도 각별했다.

나이는 나보다 한참 위지만 마음만은 한없이 여린 세아 누나.

순수한 사랑이라 믿었던 남자에게 상처받고 마음을 풀어 놓을 곳 없어 헤매던 누나.

나의 어깨에 기대 자주 눈물을 보였던 그녀에게 이번에는 또 다른 범죄의 그림자가 손을 뻗고 있었다.

"여기가⋯⋯."

스릭.

뭔가 다른 움직임이 포착되는 소리가 들렸다.

세아 누나의 핸드폰이 다른 사람에게 넘어갔다.

"⋯⋯."

"강민 씨. 여기는 강남역 5번 출구에 있는 이현빌딩입니다. 지하 5층에 도착하면 애들이 마중을 나와 있을 겁니다."

"……"

불길했던 나의 촉이 맞았다.

자신의 신분을 밝히지 않은 채 할 말만 하는 남자.

'애들? …깡패 새끼들이야?'

순간 머릿속이 엉망진창으로 얽히기 시작했다.

어떻게 해야 할지 판단이 서지 않았다.

분명 남자의 입에서 나온 애들이라는 말은 누가 들어도 조직원들을 지칭하는 소리였다.

그 바닥에서 쓰는 수하들을 일컫는 말.

"누구십니까."

대답해 주지 않을 것을 알지만 나는 다시 한 번 물었다.

"이곳에 오시면 알게 될 겁니다. 저희 회장님께서 강민 씨를 만나보고 싶어 하십니다."

이미 처음부터 평범한 사람들이 아닐 거라는 것은 알았다.

남자가 회장님을 들먹였다.

그렇다면 다시 한 번 세아 누나를 납치하려 했던 자들이 조직의 일원인 것을 확인해 주는 셈이었다.

지금 세아 누나와 함께 있는 남자 역시 그들과 한패일 가능성이 컸다.

"알겠습니다. 15분이면 도착할 겁니다."

"기다리고 있겠습니다."

띠릭.

처음부터 세아 누나를 납치할 목적이 아니었던 것으로 생각되었다.

납치가 아니라면 이 상황은 무엇이란 말인가.

수상하기 그지없는 상황이 연출되고 있었다.

복잡한 머릿속은 쉽게 정리가 되지 않았다.

나는 잡고 있던 핸들을 강남역 방향으로 틀었다.

이미 강남의 웬만한 도로의 흐름은 머릿속에 훤히 다 들어 있었다.

'감히… 세아 누나를 손대.'

아직 정체를 확인하지는 못했지만 그냥 두진 않을 것이다.

조용히 살고 싶어 하는 사람을 세상은 가만히 두지 않는 듯했다.

3년이라는 시간이 흘렀다.

그럼에도 아직 나를 겨냥한 어둠의 손들은 작업을 중단하지 않고 지속해 오고 있었다.

최대한 소리 없이 한국을 떠나고 싶었다.

그 짧은 시간을 참지 못하고 그새 나를 자극하고 있다.

부우우웅.

퇴근 시간이 맞물린 강남 내 도로들.

앞에 서 있던 차가 빠지자마자 나는 속력을 높였다.

양 도사는 어떤 일이 있어도 화를 참는 수련을 놓쳐서는 안 된다고 했었다.

내부에서 일기 시작한 화는 결국 밖으로 분출되기 전 내상을 먼저 입히기 때문에 이로운 것이 하나도 없다 했다.

맞는 말이다.

나에게서 분노를 일으키는 입자는 분명 밖으로부터 전달되지만 그것을 발현시켜 내기를 다치게 하는 것은 나의 선택이었다.

가슴속에서 이미 화가 활활 타오르면 나를 미증유의 분노에 가두고 있었다.

아주 작은 불씨에도 순식간에 큰 불을 만들고 말 것이다.

태울 것과 태우지 말아야 할 것을 분간할 수 없는 순간이 오지 않기를 바랄 뿐이다.


"도착했다고 합니다."

"정확한 친구군."

시계를 내려다보던 김기호 부장.

정확히 15분이 경과한 시각에 지하 주차장에 강민이 도착했다는 전갈이 왔다.

"미, 민이가 왔나요?"

장세아 역시 상황이 어떻게 돌아가는지 정확하게 알지 못했다.

분명 납치를 당할 뻔했고 이들은 장세아를 그들에게서 구해준 사람들이다.

자신에게 일어났던 방금 전의 사건 때문에 벌벌 떨고 앉아 있는 장세아.

뽀얗던 얼굴빛은 파리하게 질려 있었다.

조금 전 건네받은 우황청심환을 먹었지만 좀처럼 안정이 되지 않았다.

요가를 마치고 평소처럼 가벼운 걸음으로 집에 가기 위해 센터를 나왔다.

주차장으로 막 들어설 때 갑자기 지하 주차장에 나타난 이십대 초중반 정도로 보이는 세 명의 남자가 다가왔다.

덩치가 크고 인상이 좋지 않은 깡패들이었다.

그들 옆으로는 짙은 선팅이 된 승합차가 멈춰 있었다.

한눈에 봐도 장세아를 끌고 가려는 수작으로 보였다.

사람이 많고 북적거리는 걸 평소에도 좋아하지 않았던 장세아.

나름 고른다고 골라 한적한 지하 3층 주차장에 차를 놓은 게 화근이었다.

비명을 지를 만한 정신도 없었다.

순간 벌어진 일.

처음부터 소름끼치는 눈빛으로 장세아 앞에 척 나타나 또박또박 이름을 불렀다.

그땐 이미 두 다리는 사시나무처럼 떨렸고 목소리는 목구멍을 뚫고 나오지 못했다.

나머지 남자 두 명은 느끼한 표정으로 웃으며 장세아를 훑었다.

이미 손 하나 까딱하지 않고 그들이 풍기는 폭력적인 기운에 제압되어 버린 상황이었다.

장세아의 이름을 불렀던 남자가 팔을 붙들었다.

그리고 나머지 두 사람 중 또 한 사람이 나머지 팔을 움켜잡았다.

놀라 어찌할 바를 모르고 있던 그 순간 일단의 사내들이 주차돼 있던 차에서 내려 장세아를 붙잡는 남자들을 제지했다.

한순간 건장한 사내 여섯 명의 육박전이 벌어졌다.

다행히 장세아를 납치하려던 자들에 비해 차에서 내린 남자들이 압도적으로 강했다.

장세아는 경찰에 신고하기 위해 간신히 정신을 차렸다.

하지만 자신을 구해준 남자들의 만류에 그만두어야 했다.

신고해 봤자 가족들에게 더 불리할 거라는 남자들의 설명.

잠시 이야기를 나누자는 말과 함께 이곳 이현빌딩 7층 사무실로 안내되었다.

집으로 돌아가야 했지만 그들을 따라나서지 않을 수 없었다.

도움을 준 것은 고마웠지만 납치범들 못지않은 위협감은 여전했다.

장세아의 눈에는 이들 역시 납치범들과 비슷한 유의 사람들로 보였다.

'미, 민이가 왔어…….'

사무실에 도착하자 곧장 강민과 통화할 것을 권했던 눈앞의 남자.

자신을 김 부장이라고만 소개한 남자는 강남에서도 흔히 볼 수 없는 젠틀맨이었다.

이미 옷차림과 말투 등에서 조금 전 맞닥뜨렸던 사내들과는 달랐다.

장세아를 안내한 사람들과 한무리인 것은 분명했지만 뭔가 다른 지적인 이미지가 더했고 풍기는 느낌도 달랐다.

"곧 올라올 겁니다."

김 부장은 장세아를 향해 강민의 위치를 알렸다.

잠깐의 시간이었지만 최대한 장세아를 배려하기 위해 부드러운 말투로 말을 건네왔다.

집에까지 안전하게 데려다 주겠다고 했지만 장세아는 강민을 만나고 가겠다고 했다.

"불편하시겠지만 조금만 참으십시오."

깍듯하게 대하는 김 부장.

"괜찮아요. 신경 쓰지 마세요."

강민이 곧 올라온다는 김 부장의 말에 장세아의 심장박동수가 정상 수치를 찾고 있었다.

조금 전까지 파리하게 변해 있던 얼굴색이 평소 도도한 빛을 띠기 시작했다.

강민이 장세아에게 주는 안정감.

우황청심환 따위와 비교할 수 없었다.

"편하신 대로 하십시오."

장세아의 표정 변화를 지켜보던 김 부장이 얼굴에 밝은 웃음을 띠었다.

'여긴 도대체 뭐하는 곳이야……'

그제야 사무실 주변이 눈에 들어오는 장세아.

이현빌딩은 낯선 건물이 아니었다.

1층에는 강남 곳곳에서 볼 수 있는 국산차 전시장이 있다.

그리고 2층부터는 오피스텔 형식의 사무실들이 들어와 있는 건물이다.

밖에서 보면 다른 건물들과 크게 다르지 않은 무난한 외관을 하고 있었다.

하지만 지금 장세아가 와 있는 곳은 그 평범하게만 보였던 이현빌딩 7층 사무실.

한 층 전체를 통째로 사무실로 쓰고 있었다.

꽤 넓은 공간이다.

마치 격벽이 중간중간 세워져 있고 응접실까지 갖춰져 있는 게 대기업 사무실처럼 보였다.

그러나 드나드는 사람들의 모습은 결코 평범하지 않았다.

앞에 앉아 있는 김 부장을 빼고 대부분의 남자들 인상은 지하 주차장에서 맞닥뜨렸던 조폭들과 비슷했다.

아니, 조직폭력배들이라고 해도 하나도 이상할 게 없어 보이는 체격과 인상이다.

이상한 건 형님 동생 같은 호칭이 없었다.

생긴 건 그래도 다들 팀장님 혹은 대리, 또 과장, 부장님이라고 불렀다.

또 여성 직원이 한 명도 보이지 않았다.

보통 회사 사무실이라면 대부분 여성이 사무실 바로 입

구 데스크에 앉아 있는 게 보통인데 이곳은 그렇지 않았다.

뚜벅뚜벅.

장세아가 이런저런 생각을 하며 사무실을 두리번거렸다.

그때 사무실 밖으로부터 여러 사람의 구두 발걸음 소리가 동시에 들려왔다.

'민이다!'

발걸음 소리만으로도 장세아의 눈동자는 커다랗게 커졌다.

응접실 너머 유리창으로 보이는 듬직한 한 사람의 모습이 점점 가까워지고 있었다.

이곳 사람들보다 덩치가 좋아 보였다.

역시 키도 크고 잘 빠졌다.

강민을 중심에 두고 앞뒤로 네 명의 남자가 따랐다.

하지만 전혀 긴장하거나 위축되어 보이지 않는 당당한 걸음이다.

차라리 강민의 표정에서는 여유가 느껴졌다.

"소문대로 간이 크군. 후후."

다가오는 강민의 모습을 지켜보던 김 부장의 얼굴에 묘한 웃음이 번졌다.

딸깍.

응접실 문이 열렸다.

그리고 안으로 들어서는 남자들.

"민아!"

터덕.

장세아가 자리에서 벌떡 일어나며 강민의 이름을 불렀다.

"괜찮아요?"

강민은 장세아를 확인하자마자 빠르게 위아래로 훑었다.

이미 괜찮냐는 물음에 응축된 분노가 고스란히 배어 있었다.

눈빛은 고요함을 유지하고 있었지만 이글거리는 화까지 감출 수는 없었다.

"응, 난 괜찮아."

살짝 고개를 끄덕이며 대답하는 장세아.

"어서 오시게. 이 누추한 곳까지 걸음을 하게 해서 미안하군."

오랜 친구를 기다리다 맞는 듯한 김 부장의 태도.

강민 못지않은 여유를 보였다.

"여러분은 정체가 뭡니까?"

소개도 없이 자신을 부드럽게 맞는 김 부장의 태도에 인상을 굳히며 강민이 물었다.

전혀 기가 죽지 않는 당당한 모습의 강민.

이곳이 사자굴이라면 강민의 모습은 백호와 같은 자세를 보이고 있었다.

나이도 어린데 전혀 꿀림이 없었다.

"부장님께 공손하게 말해라."

강민을 인도해 온 네 명 중 한 사람이 인상을 굳히며 싸늘하게 한마디 내뱉었다.

"당신들한테나 그렇지 나와는 상관없는 사람인 걸로 아는데요."

"뭐, 뭐? 건방진……."

"됐어. 그만들 가봐."

"부, 부장님……."

"……."

김 부장의 눈빛이 달라졌다.

"두 번 말해야겠나."

"죄송합니다."

터더덕.

김 부장의 말이 떨어지자 가볍게 허리를 숙여 보이고 재빨리 사무실을 빠져나가는 네 명의 남자.

그들 말고도 사무실 안에는 약 20여 명의 가까운 건장한 사내가 흩어져 있었다.

여차하면 일을 터뜨릴 것 같은 분위기다.

"내가 목표물인 거 같은데… 누나는 보내주시죠."

"하하, 나도 그러고 싶었네만. 자네 누님 되시는 분이 한사코 거절해서 말이지."

"미, 민아, 같이 있을게."

"누나, 집으로 가요."

강민은 간절한 눈빛으로 바라보는 장세아를 향해 단호하게 고개를 저어 보이며 말했다.

장세아는 강민의 눈빛에서 더 이상 고집을 부리면 안 된다는 것을 알았다.

전혀 도움이 되지 못함을 깨달은 것이다.

"집에 들어가면 곧장 전화해요."

"응, 전화할게."

분명 강민이 장세아보다 나이는 한참 어렸지만 왠지 두 사람의 관계는 늘 강민이 더 연배가 높은 사람처럼 굴었다.

워낙 여러 번에 걸쳐 장세아의 약한 모습을 봐왔던 강민.

강민 스스로가 장세아를 늘 보호해 주어야 하는 존재로 인식하는 듯했다.

김 부장이 말했을 때와는 전혀 다른 분위기.

강민의 말에 고분고분 수긍하며 자리에서 일어나는 장세아의 모습을 김 부장이 유심히 쳐다보았다.

장세아는 과거에도 이런 비슷한 상황에서 강민이 자신을

구해주었던 순간을 떠올렸다.

나이 어린 동생임에는 분명하지만 늘 도움을 받는 쪽은 자신이었다.

언제는 든든한 오빠처럼 구는 동생 강민.

"차는 지하 주차장에 있습니다. 직원들이 에스코트해 줄 겁니다."

"네, 감사합니다."

강민은 분위기를 살폈다.

장세아가 끌려와 있었다고 보기에는 애매한 상황.

김 부장이 장세아를 대하는 모습은 인질을 대하는 것과 차이가 있었다.

장세아가 사무실을 벗어나며 김 부장을 향해 공손하게 인사하는 모습을 강민은 놓치지 않았다.

"당분간 우리 직원들이 주변을 지킬 겁니다. 일상생활 하는 데는 무리가 없을 테니 안심하고 생활하십시오."

마지막까지 장세아를 향해 매너를 보이는 김 부장.

"민아, 빨리 와."

"바로 갈게요."

"알겠어."

믿음직한 강민의 눈동자를 잠깐 응시한 장세아.

몸을 돌려 응접실 밖으로 나갔다.

또각또각.

잠깐의 침묵이 사무실 지배했다.

장세아의 또각거리는 발걸음 소리가 더욱 선명하게 강민의 귓속을 울렸다.

"정식으로 내 소개를 하지. 나 김기호네."

장세아의 모습이 사라지자 김기호가 자리에서 일어나 강민에게 손을 내밀었다.

"악수까지 할 입장은 아닌 것 같습니다."

"그래, 초면이지. 친분이 있는 것도 아니고 말이야."

손을 내미는 김 부장의 인사를 거절하는 강민.

"그렇게 날 세울 필요없어. 자네는 나와 한배를 탄 동지가 될 가능성이 더 많으니까 말이야."

구체적이지 않았지만 여러 가지 함축적 의미를 담은 발언이 김 부장의 입에서 흘러나왔다.

"후후……."

하지만 가소롭다는 듯 강민의 차가운 웃음이 뒤를 이었다.

삐이익.

사무실 한쪽 책상 위에 놓여 있던 인터폰이 울렸다.

띠릭.

"부장님, 회장님께서 손님과 함께 올라오시랍니다."

"바로 올라가겠다고 말씀드려."

"네, 알겠습니다."

인터폰에서 흘러나온 목소리는 선이 굵은 남성의 것이었다.

"회장님께서 찾으신다니 인사나 올리고 가게."

"그러죠."

강민은 적의까지는 아니지만 일절 틈을 보이지 않았다.

필요한 대답만 짧게 하는 강민.

눈빛에서는 그 어떤 두려움도 찾아보기가 힘들었다.

"자네 참 대단하군. 소문으로 듣던 것보다 더 말이야."

김 부장 역시 강민의 강심장에 놀라고 있었다.

"가시죠. 시간이 많지 않은데… 이 회장님께서 기다리시지 않습니까?"

흠칫.

'…….'

김 부장은 일순간 할 말을 잃었다.

알고 있었던 것인가.

강민이 분명 이 회장이라고 말했던 것을 다시 떠올렸다.

뒤통수를 한 대 얻어맞은 듯한 기분의 김 부장.

짧은 시간 동안 벌어진 사건에서 이곳이 어디인지 이미 파악하고 있는 강민.

같은 또래의 어린 청년들을 대하듯 대해서는 답이 나오지 않을 것으로 생각되었다.

또 어린 사람 같지 않은 것도 사실이다.

거친 바닥에서 10여 년 굴러먹은 듯한 노련함이 엿보인다고 해야 할까.

'조심해야 할 녀석이군.'

강민은 정확하게 이곳의 시나리오를 꿰고 있는 듯한 눈치였다.

오늘 이 자리도 이영식 회장의 지시에 의해 마련되었다.

물론 장세아 납치가 시간을 앞당겨 주긴 했다.

때를 맞춰 장세아 납치를 계획했던 인천 달수파를 치면서 쉽게 강민까지 이 자리에 부를 수 있었다.

강민은 상황이 이렇게 진행됐다는 사실을 전혀 모르고 있었다.

그럼에도 불구하고 전혀 놀라는 기색이 보이지 않는다.

차라리 편안해 보이는 강민의 태도.

어디서 백두산 호랑이 한 마리를 통째로 과 먹었나 배포가 장난이 아니다.

되레 김 부장이 더 긴장한 듯한 모습.

지금 이 순간 이현빌딩 곳곳에 포진해 있는 조직원만 해도 50여 명에 이른다.

이렇다 할 문제가 발생할 것 같으면 쓰려고 준비시킨 아이들이다.

그럼에도 불구하고 뒤가 든든하다는 기분은 전혀 느껴지지 않는다.

저벅저벅.

먼저 응접실 문을 벗어나는 강민.

'호랑이를 불러들였군.'

앞서 걸어가는 강민의 뒷모습을 보며 김 부장은 혼자 되뇌었다.

그리고 확실하게 깨달았다.

자신들 손으로 어찌할 수 없는 맹수 한 마리를 동굴 안으로 불러들였다는 것을.

날카로운 송곳니를 숨긴 채 한 마리 맹수가 어슬렁거리듯 앞서 걷고 있었다.

제7장
파이터 농부

"왜 안 오는 거야……."

예쁜 원피스 정장을 차려입고 문밖을 서성이던 예린이.

강민이 약속한 데이트 시간이 한참 지났지만 나타나지 않고 있었다.

예린이는 집 앞 먼 길을 목이 빠져라 쳐다보고 있었다.

약속 시간을 어길 사람이 아니다.

처음 몇 분은 조금 늦나 보다 하고 흘려보냈다.

그리고 또 몇 분은 살짝 토라진 채 오면 혼을 내주겠다고 생각했다.

운전을 하는 중이거나 아니면 길이 막히는 거라고 여기며 지금까지 기다리던 예린이.

대문밖을 서성이는 예린이를 바라보는 경호원들도 신경을 바짝 쓰기는 마찬가지였다.

단 한 번도 이렇게 긴 시간 대문밖에 나와 누군가를 기다린 일이 없었다.

성년이 되고 난 후부터는 근접 경호가 필요할 때 수행했지만 집 앞에서는 입장이 좀 달랐다.

"길이 많이 막히나?"

급기야 걱정이 되기 시작했다.

자꾸 불안한 생각이 들자 예린이는 손목시계를 쳐다보는 순간이 잦아졌다.

벌써 약속한 시간이 20분이나 지나가고 있었다.

그간 예린이 겪은 강민은 시간관념이 그 누구보다 정확했다.

"왜 연락도 없는 거야……. 무슨 사고라도 난 건 아니겠지."

막 운전면허를 취득하고도 베스트 드라이버 못지않은 운전 실력을 선보였던 강민.

그렇다 해도 아직 생초보인 것만은 확실했다.

띠릭.

오래 참았다고 생각한 예린이는 휴대전화를 꺼냈다.

그리고 단축 번호를 길게 눌렀다.

띠리리 띠리리리.

평범한 연결음이 들려왔다.

"어, 예린아."

"민아! 무슨 일 있어? 지금 어디야? 왜 안 와."

강민이 전화를 받았다.

아무렇지 않게 전화를 받는 강민을 향해 속사포처럼 말을 뱉었다.

"급하게 만날 분이 있다. 미안해. 잠시 후에 통화하자."

"어? 응······."

온갖 걱정으로 일분일초를 보냈던 예린이.

그랬던 자신과는 달리 너무나 차분하게 전화를 받던 강민의 목소리에 당황했다.

차분한 목소리 뒤에 심상치 않은 분위기가 느껴진 것이다.

분명 평소와 다른 톤의 음성이었다.

띠릭.

다른 말을 물을 수도 없었다.

전화는 강민 쪽에서 먼저 끊어졌다.

"뭐야, 나랑 한 약속보다 더 중요한 일이······."

예린은 자신과의 데이트가 깨진 것보다 강민의 지금 상황이 어떤지 더 궁금했다.

다시 통화를 하자고 했지만 끊어진 통화만큼이나 불길한 기분은 짙어졌다.

"아무 일 없겠지. 괜찮을 거야."

자꾸 밀려드는 불길함을 자기 최면을 걸며 애써 지웠다.

눈앞에 있을 때는 언제나 든든한 큰 나무의 그늘처럼 좋았던 강민.

이렇게 잠깐이라도 떨어져 있게 되면 언제 사라질지 불안한 마음이 엄습해 왔다.

다시 또 소리 소문도 없이 찾아들어 버리고 흔적을 찾을 수 없는 바람 같은 존재였다.

강민과 함께 있던 순간에도 예린은 불안했다.

분명 곧 이별해야 한다는 것도 잘 알고 있었다.

그럼에도 불구하고 예린이는 강민을 보낼 준비가 덜 돼 있었다.

소녀에서 여자로 성장하면서 꼭 한번 사랑하고 싶은 그런 상대가 바로 강민이었다.

강민은 예린이에게 이미 첫사랑이며 유일하게 남자로 느껴지는 사람이었다.

"아무래도 소문은 과장되게 마련이지. 하지만 그 허황된 소문마저도 과소평가돼 있다고 느껴지는 건 자네가 처음일 걸세. 하하하, 대단해, 정말 대단해."

'두목? 사철파의 두목이란 말이지……'

대한민국 강남 일대의 일부를 주무르고 있다는 사철파 내부.

강남의 또 다른 일부를 주무르는 다산파와 함께 대한민국 조직폭력 집단 서열 1, 2위를 다투고 있는 거대 조직이다.

그 조직의 우두머리다.

정아람 기자가 메일로 보내온 파일에서 분명히 봤었다.

강남 한복판에 자리한 이현빌딩.

이곳이 어떤 장소인지 말이다.

액면가로는 오십대 후반에서 육십대 초반 정도로 보이는 중후한 인상을 가진 사업가 포스다.

혈색이 좋지 않은 것으로 보아 건강 상태에 적신호가 온 것이 확실하다.

그런 파리한 얼굴색과 달리 흘러나오는 음색은 맑았다.

체구도 그렇게 크지 않았다.

거대 조직의 두목이라기보다 평범한 직장의 노회한 부장 정도의 분위를 풍기는 인물이다.

유행이 지난 듯 기가 빠진 진청색 양복에 하얀 와이셔츠를 받쳐 입고 붉은 넥타이를 묶었다.

작은 체구에 잘 어울린다.

그가 자리에 앉은 채 활짝 웃었다.

회장실이라면 으레 하나씩은 걸려 있는 명화 같은 것도 보이지 않는다.

그리고 조직 보스들이 위협용으로 장식하는 칼 따위도 전혀 찾아볼 수가 없다.

그렇게 넓지 않은 공간에 창가 쪽을 중심으로 십여 개의 화분이 놓여 있는 게 눈에 띄었다.

그 주변으로 수십 종에 이르는 난 화분이 즐비하게 세워져 있었다.

이 회장이 앉아 있는 소파에서는 세월의 흔적이 느껴졌다.

그리고 그의 뒤쪽 벽으로 담담한 서체의 서예 한 점이 걸려 있다.

기일일이천리 노마십가 즉역급지의(驥一日而千里 駑馬十駕 卽亦及之矣).

명마 기는 하루에 천 리를 가지만 노마 역시 열흘을 가면 기와 같은 거리를 간다는 순자의 명언이다.

속내는 천재를 뛰어넘는 것은 노력하는 자라는 뜻을 갖

고 있다.

'노력형이군. 그것도 무서운……'

양 도사가 언젠가 나에게 해준 말이었다.

이 말을 잊을 내가 아니다.

유년 시절 천재 소리를 들으며 지냈던 나를 노마에 비교하며 이 명언을 풀어 해석했던 양 도사.

나의 좌우명으로 삼으라며 앞뒤를 바꿔 세뇌를 시켰다.

좌우명을 품고 사는 사람을 웬만해서는 이기기 어렵다고 했다.

물론 사람도 사람 나름이고 좌우명도 좌우명 나름이겠지만 말이다.

양 도사가 나를 사육할 게 아니라 이 사람을 거둬 가르쳤었다면 더 큰 복을 받았지 않을까 하는 생각이 들었다.

뚜렷한 신념과 목표 의식을 가진 자는 설사 그가 악인이라 해도 하늘이 길을 열어준다고 한다.

결국은 주체 의식을 갖고 살아가는 게 중요하다는 의미일 것이다.

차별없는 우주의 법칙은 노력하는 자를 그냥 버리지 않는다는 말이다.

그 점에서 지금 눈앞에 앉아 있는 이영식 회장은 하늘의 도움을 받은 사람으로 보였다.

독한 사내다.

목적한 바를 이루기 위해서라면 10년 동안 기꺼이 땅을 파고도 남을 인물이다.

그러니 저렇듯 왜소한 체구임에도 불구하고 이 자리에 앉아 있을 수 있는 것이리라.

"과찬이십니다."

나는 김기호라고 자신을 소개했던 김 부장과 마주보는 자리에 앉았다.

상석에 앉아 편안한 자세로 나와 김 부장을 쳐다보는 이영식 회장.

그의 표정에서 뭔가 흡족해하는 듯한 기운이 엿보였다.

조직 내부까지 들어와 보스와 그들 수하가 자리한 곳에 함께한 것이 전혀 낯설지 않았다.

약간의 과장을 한다면 스스로 하늘의 이치를 깨달아 한 가지 도를 이룬 사람을 마주하고 있는 것 같았다.

몸의 건강 상태는 좋지 않지만 두 눈에서 비치는 총기와 선한 기운은 그대로 전해져 왔다.

그가 하는 말은 진심이었다.

조직을 운영하고 있는 것은 다른 깡패 집단과 달라 보이지 않았다.

그러나 세상에서 구도자로서 살고 있는 듯한 냄새가 진

하게 났다.

나는 최대한 말을 아꼈다.

경거망동하지 않았다.

예의로서 나를 대하고 있는 것을 안 이상 나 역시 그에 대한 예우를 다해야 한다고 생각했다.

가끔 설악산으로 찾아들어 오던 각 명산에서 수도하던 도사들.

그들의 눈빛과 흡사했다.

아니 차라리 산속 도사들의 눈빛보다 더 맑아 보였다.

직접 확인된 바는 없지만 처음 이현빌딩에 올 때 품었던 독기들은 어느새 모두 흐트러져 버리고 존재하지 않았다.

"그런가. 하지만 오성그룹의 막내 아가씨한테서 걸려온 전화를 어떤 누가 그렇게 당당하게 끊을 수 있겠나. 여심을 다스리는 것도 남자의 능력이지. 그런 점에서 자네는 어린 나이에 벌써 여러 능력을 갖췄군. 하하하."

이 회장의 말은 카사노바도 능력이 있는 사람이나 할 수 있다는 말과 다르지 않았다.

그런 말도 칭찬처럼 하는 이영식 회장.

하지만 남자로서의 기세나 에너지가 느껴지지는 않았다.

"대범함도 좋습니다. 이곳에 들어와 저 정도 활개 치는 친구는 처음입니다."

이 영식 회장의 말끝에 김 부장이 거들며 얘기에 말을 섞었다.

"당연히 그 정도는 해야지. 한민족의 도를 공부했다는 인재가 아닌가."

나에 관해서 여러모로 파악해 놓은 이영식 회장.

설악산에서 수련을 한 것까지 알고 있는 눈치다.

'뭘 원하는 거야.'

사실 거대 조직의 보스는 처음 대면한다.

풍기는 기운이 남달랐지만 나와 이렇게 자리를 할 만한 이유는 없었다.

나를 목표물로 하고 세아 누나를 구했다는 것만 봐도 그렇다.

감시가 아니라 경호 정도를 하고 있었음이 맞을 것이다.

시원하게 문제의 답이 떨어지지 않았다.

"누나를 구해줬다고 들었습니다. 다시 한 번 감사드립니다."

먼저 인사를 해야 한다는 생각이 스쳤다.

"궁금한 것이 있습니다."

"왜 구해주었냐는 것인가?"

"네."

불필요한 말을 길게 할 필요는 없었다.

조직을 이끄는 보스답게 나의 심리 정도는 꿰고 있을 것이다.

"알겠지만 괜한 짓을 한 것이 아니네."

'공짜가 아니라는 말이군.'

"그럼……."

"잡초 제거 한 번 하는 것으로 갚게."

"……??"

'잡초 제거?'

나는 감은 잡았지만 구체적으로 무슨 얘기를 하는지 알지 못했다.

"어릴 때 집에서 작은 텃밭을 좀 가꿨지. 이것저것 봄에 심기만 하면 온갖 것을 얻을 수 있었네."

이영식 회장은 양손을 깍지 끼며 눈을 지그시 감았다.

"딸기, 참외, 수박도 나왔네. 싱싱한 오이는 물론 집에서 먹을 만한 싱싱한 부식거리들을 그 작은 텃밭에서 해결했지."

자신의 유년 시절을 떠올리는 듯했다.

나는 자세를 흐트러뜨리지 않은 채 그의 말에 귀 기울였다.

"그런데 말이야. 장마철에 비가 와서 며칠 들여다보지 않으면 금세 잡초가 무성하게 자라. 날씨도 덥고 비가 오기도 해 사람이 손을 쓸 수 없을 때 미친 듯이 자라더군."

"……."

"그럴 때마다 부지런한 어머니는 비를 맞으며 잡초를 뽑
곤 했지. 호미로 뿌리까지 깊게 뽑아 제거해야 사라졌지.
그랬을 때만 다음 가을철 농사를 또 지을 수 있었어."

나도 잡초의 생리 정도는 알고 있었다.

굳이 텃밭까지 갈 필요도 없었던 나.

설악산 너와집 살이 때 주변이 온통 풀밭이었다.

어차피 풀밭 위에 세워진 너와집이었기에 굳이 마당이라
고 할 것도 없었던 집 주변.

양 도사는 마당에 풀이 있는 것은 게으름의 소치라 말하
며 매일 풀을 뽑게 했었다.

"그럼 어떤 잡초를 뽑아드리면 됩니까."

이들이 나를 얘기나 하자고 이 시간에 부른 것은 아니었
다.

그 정도 눈치는 누구나 있는 것.

구체적인 얘기를 들어봐야 했다.

"자네 약점이 뭔 줄 아나."

"……."

"정이 많다는 것이 약점이네. 그 사실을 모르는 조직이
없더군. 과거 내가 무협 영화를 즐겨봤던 적이 있었네. 이

런 말이 나오지. 영웅은 무정해야 비로소 영웅이 된다."

나는 이영식 회장의 두 눈을 똑바로 쳐다보았다.

"관심없습니다."

"그럴 줄 알았네."

이 회장 역시 나의 눈을 피하지 않았다.

"그러나 영웅은 결국 영웅이 될 수밖에 없지. 하지만 강민 군은 영웅이 될 수 없어. 정이 많으면 책임질 일도 많아지고 그러다 보면 영웅놀이를 할 수도 없으니까."

"관심없다고 말씀드렸습니다."

농담을 주고받을 만한 관계도 아닌 이영식 회장.

세아 누나의 납치 미수 사건이 다른 조직과 연루되어 있다는 말을 하고 있었다.

나에게 이런 정보를 주고 있는 이영식 회장도 전적으로 믿을 수 없었다.

정아람 기자가 보내온 자료에 분명하게 기재돼 있던 조직폭력배 리스트에 들어 있던 이름 이영식.

그도 어차피 조직폭력배 두목에 불과했다.

"되고 싶다고 되고, 싫다고 피할 수 있는 게 영웅이라고 생각하나. 목표를 정하고 움직이는 자는 효웅 소리밖에 들을 수 없어. 진정한 영웅은 다른 사람들의 입을 통해서만이 확인되는 것이네."

내가 관심 밖의 얘기라고 분명하게 말했음에도 이영식 회장은 멈추지 않았다.

잡초 얘기를 하는가 했더니 영웅 타령이다.

그러나 이 순간 나는 영웅 따위에 전혀 관심이 없다.

내 한 몸 건사하고 안위를 지키는 것도 벅찬 세상이다.

영웅 놀이에 뛰어들어 정신줄 놓고 싶은 생각은 더욱 없었다.

오직 어떤 자들이 세아 누나를 납치하려 했는가만 알면 된다.

미국으로 떠나기 전 정리를 해둘 필요가 있었다.

"강민 군과 식사 한 끼 하고 싶어 자리를 마련하려 했네. 이런저런 세상 돌아가는 얘기도 들려주고 싶어서 말이야. 오늘 이 자리는 갑작스럽게 마련이 됐네."

한 번도 눈을 떼지 않고 두 눈을 응시한 채 말을 잇는 이영식 회장.

잠깐씩 입가에 비치는 미소는 자애로움이 묻어났다.

그러고 보니 제법 흰머리가 많은 노신사였다.

이영식 회장의 말을 들어서라기보다 기회가 된다면 그의 말대로 식사 한 끼 정도는 하고 싶은 마음이 들기도 했다.

"시간이 많지 않습니다. 직접적으로 말씀해 주십시오."

이 회장의 눈빛이 미세하게 바뀌는 게 느껴졌다.

아마 나의 이런 태도를 보며 성질이 급하다고 판단하는 것 같았다.

"타 조직원들을 말씀하시는 겁니까?"

바보가 아닌 이상 이영식 회장에게 있어 잡초는 다른 조직을 두고 하는 말일 수밖에 없다.

"맞네. 음지에 자생하는 잡초 정도라고 해두지."

제대로 짚었다.

말을 돌리거나 꾸미지 않았다.

"제가 왜 그렇게 해야 합니까. 저는 평범한 시민입니다. 회장님은 사철파의 두목이시니 충분히 혼자 힘으로도 가능하실 것 같은데요."

폭력배들의 싸움에 끼고 싶은 생각은 추호도 없었다.

영웅 심리를 이용해 나를 끌어들이고 싶었던 것 같은데 어림없다.

"강민 군, 말이 심하군."

고개를 빳빳하게 세운 채 이영식 회장의 말에 답하는 나에게 김 부장이 얼굴을 일그러뜨리며 한마디 했다.

"김 부장, 맞는 말이네. 나 두목 맞아."

"회장님……."

'진짜 주먹인이군.'

내가 이렇게까지 직접적으로 이영식 회장을 대할 수 있

었던 건 아람 누나가 전해준 파일 때문이었다.

기밀로 작성된 파일 안에는 이영식 회장의 프로필도 함께 들어 있었다.

평범한 이름과 드러나지 않은 삶 속에 감춰져 있는 전설적인 주먹이라는 것.

다른 깡패들처럼 직접적인 무력을 피한다고 했다.

언제부터 소리 없이 등장해 돈과 정치력을 기반으로 오늘날 이 자리에 오른 사철파의 두목이 이영식 회장이다.

명함 개수를 늘리기 위해 사회사업에 뛰어든 사람이 아니었다.

늘푸른 복지회를 통해 대한민국에서 손꼽히는 사회사업을 이끌고 있다는 평가를 받고 있었다.

워낙 일처리가 깔끔해 이영식 회장이 사철파 두목인 것도 얼마 전에야 밝혀졌다는 것이다.

강남 시장의 절반을 차지하고 있는 조폭계의 수장인 셈이다.

검찰 측이나 언론 측에서도 이영식 회장에 관련한 것들은 입을 닫는다고까지 했다.

사회적 이미지뿐만 아니라 그가 육성하는 인재들이 사회 곳곳에 포진해 있다는 사실까지 함께 드러난 것.

이영식 회장 일인을 어쩌자고 나서면 거대한 복지재단을

이끌 만한 인물이 없다는 게 그 이유였다.

밝혀진 바에 의하면 정치권에 의해 엄청난 비호를 받고 있다고 했다.

늘푸른 복지회 행사가 있을 때마다 얼굴을 비치는 정치인들 대부분이 이영식 회장의 명함 역할을 하는 것이다.

결코 만만하게 볼 만한 인물이 아니었다.

무식한 깡패들을 상대하며 오늘 이 자리에 오른 것이다.

다른 조직들이 손을 대는 검은 돈에는 일절 관심을 보이지 않는다는 경영인이었다.

그가 바로 눈앞의 이영식 회장.

한마디로 말이 통할 수 있는 여지를 보았기 때문에 앉아서 마주하고 있는 것이다.

"강민 군, 오늘 실감했겠지만 한 손으로 열 손을 당해낼 재간은 없네. 정확하게 자네를 목표로 하고 나온다면 수월하겠지. 그러나 동시다발적으로 주변 사람들에게 문제가 발생하면 어떻게 대처할 생각인가. 누구는 구하고 누구는 버릴 건가?"

나의 속을 읽고 있었다.

처음 세라 때도 그랬고 임혁필 코치님 때도 그랬다.

오늘 세아 누나를 통해 다시 한 번 확인된 나의 약점.

이영식 회장의 말이 틀리지 않았다.

양 도사가 인연들과 엮이는 것을 가장 경계하라고 충고했던 것이 바로 이런 상황을 염두에 두고 말한 것이라라.

이 회장은 핵심을 찔렀다.

"3년 전 자네 코치가 당했지? 그 일가족이 다시 끌려가지 말라는 법은 없네. 그뿐만이 아니야. 자네 누나 일은 어떤가. 그 가족들 모두는 또 어떻게 하겠나."

순간 움찔 심장이 떨려왔다.

'젠장.'

하나도 틀린 말이 없었다.

나도 아는 나의 약점을 이 회장도 알고 있었다.

타 조직들도 다 안다고 했다.

일단 할 말이 떠오르지 않았다.


"세상의 모든 것은 부증불감이다."


양 도사가 나에게 준 세상질서의 공평함에 관한 진리의 말이다.

결국 세상에 존재하는 모든 종류의 즐거움과 고통도 결국 반반씩 섞여 공존한다는 것이다.

이로운 것이 있으면 반드시 해로운 것이 동반된다.

이는 양 도사가 말한 인연을 만들면 그에 따라 업도 함께 생긴다고 했던 말과 일맥상통한다.

임 코치님이나 장씨 패밀리로 인해 얻었던 행복들.

그 행복을 누리는 동안 그 이면에서 이렇게 나에게 책임을 묻는 고통의 씨앗도 함께 자란 것이다.

차라리 설악산에서 양 도사 발밑에 엎드려 살 때는 이런 것도 없었다.

몰랐으면 모를까 알고는 그냥 지나칠 수 없다.

"우리 애들 얼굴은 팔려 있어서 잡초 제거에 쓰기가 적합하지 않네. 한바탕 피바람이 불어봤자 잡초들 제거는 실패일 게 뻔해. 질겨도 너무 질기니까 말이야."

결국 이영식 회장의 말은 사철파의 능력으로 불가능하다는 말이었다.

"저 혼자 그 일이 가능하다고 보십니까?"

나의 모든 것을 알 리 없는 이영식 회장.

아무리 내가 날고뛴다 해도 본인의 말처럼 한 사람이 수백 명 단위의 조직원을 상대한다는 것은 불가능했다.

하지만 그 일이 당연하다는 듯 말하고 있는 이영식 회장.

며칠 후면 한국을 뜬다.

몇 달 정도 시간을 두고 정리하는 것이라면 불가능하지는 않을 것이다.

그러나 시간이 너무 촉박하다.

그뿐만 아니라 조직폭력배들과 제대로 붙게 되면 나의 이름 역시 다시 언급될 게 분명하다.

"걱정 말게. 큰 놈들 몇 개만 뽑아주면 돼. 3년 전 김대철 아들놈 손볼 때와 다산파 애들 몇 손볼 때 수법 정도면 아주 그만이지."

'계획적이었군.'

나를 염두에 두고 벌이고 있는 일들이다.

작은 체구의 이영식 회장이 오늘날 어떻게 대형 조직을 이끄는 보스가 되었는지 짐작이 되었다.

"전국구 보스를 노리시는 겁니까?"

궁금한 것은 물어야 한다.

모르긴 몰라도 그게 아니라면 대형 조직들의 행동 대원을 제거할 이유가 없다.

잠깐 사이에 계획한 일들이 아니었다.

어쩌나 나는 이들이 계획하고 있었던 일에 엮이게 되는 정도였다.

"강민 군, 더 이상의 무례는 그냥 넘어가지 않겠네. 회장님은 내가 가장 존경하는 분이시네."

거의 인상이 썩어가는 수준으로 일그러진 김 부장이 더는 참지 않겠다는 듯한 태도를 취했다.

그냥 이영식 회장 듣기 좋으라고 하는 말이 아니었다.

진정 김 부장에게서는 이 회장에 대한 충정심이 우러나오고 있었다.

"전국구 보스? 하하, 하하하."

나의 말이 너무 직설적이었나 싶을 정도로 호탕하게 웃어버리는 이영식 회장.

마주하고 있는 나의 입장과는 달리 이 자리를 진정 즐기는 듯했다.

"강민 군, 내 쉬운 질문 하나 해도 되겠나."

"네."

"잡초가 왜 잡초인 줄 아나."

잡초 하나 잡고 끈질기게 물고 늘어지고 있는 이영식 회장.

마치 평생의 화두가 잡초가 아닌가 하는 생각까지 들었다.

잡초에 한 맺혀 그 한을 여태 키워온 사람처럼 보였다.

"인류가 지속되는 한 절대 없어지지 않을 종류의 인간들을 잡초라고 말하네. 대가리 몇 개 뽑아 제거한다고 없어지지 않아."

"…그럼 왜 이런 계획을."

"다만 잡초가 더 확산돼 세상을 덮는 것을 잠시 지연시켜보자는 심산이네. 내가 그런 잡초들을 키워내는 대장이나 되겠다고 이러는 것 같은가."

"그럼 제가 나서는 게 회장님께 무슨 이득이 있는 겁니까."

"이득이라. 당연히 있지. 나와 강민 군, 나아가 시민들이 얼마간은 편해지겠지. 고작 10년 정도면 다시 왕성하게 잡초들이 자라겠지만 말일세."

하긴 풀을 뽑아낸 자리에서는 다시 어린 풀들이 자라 게 마련이다.

너무 작아 며칠 뽑는 것을 미루면 몰라보게 자라 있었으니까 말이다.

'이치를 아시는군.'

이만한 권력을 갖고 있는 자라면 조직을 통해 전국구 보스의 자리를 탐낼 만도 할 것이다.

하지만 다른 종류의 야망을 품고 있는 듯했다.

그렇다면 여러 조직들을 일통하고 전국구 보스 자리를 노리는 것이 아니라는 말.

이영식 회장의 말대로라면 어차피 없어지지 않을 잡초의 생리는 알고 있고 그중 큰 잡초 몇 개 제거하는 것이 계획의 전부라는 말이 된다.

그 말만 믿는다면 나를 비롯해 선량한 시민들을 위해 보이지 않는 곳에서 힘을 쏟고 있는 의인이나 마찬가지.

많은 사람들의 안위를 위해 살인도 불사하는 살신성의 의인이 따로 있는 것은 아니었다.

"회장님의 뜻은 알겠습니다. 돕고 싶지만 저도 제 꿈을 향해 가야 하는 사람입니다. 피차 얼굴이 팔려 좋을 게 없는 입장입니다."

나도 나의 신변을 스스로 보호할 수 있어야 했다.

이제 막 날개를 펴고 창공을 날기 위해 낮게 앉아 있는 상황.

땅에서 발을 떼보지도 못하고 영영 창공을 나는 것을 포기할 수는 없었다.

"저를 위한 계획은 없는 것 같습니다만."

지금까지 나를 여기까지 오게 한 원동력은 절대적으로 양 도사였다.

일생의 3분의 1 이상의 시간을 양 도사만을 상대했다.

바보가 아니라는 말이다.

3년 전처럼 조폭과 부딪혀 여중생을 구했다는 식의 대대적인 광고 같은 것은 불리했다.

사회악의 대표 주자인 조폭들을 상대해야 하는 입장이라 해도 법과 원칙을 벗어나서는 안 된다.

괜히 성인식이 되자마자 쇠고랑을 찰 수는 없었다.

"오성그룹 그늘 안에 있지 않나. 그 자체만으로도 보호장

치는 충분할 걸세. 그리고… 이틀 뒤에 달수파와 다산파 회장이 회동을 갖네. 그때 나서주게."

나를 너무 믿는 듯한 이영식 회장.

"제게 그럴 만한 능력이 있다고 생각하시는 겁니까."

"물론이지. 설악산 큰도사님 밑에서 수련했다면 믿을 만하지."

'헉!!!'

나는 순간 나의 귀를 의심할 수밖에 없었다.

설악산 큰도사.

분명 양 도사를 지칭하는 말이었다.

"어, 어떻게 그, 그것을……."

정신이 번쩍 들었다.

"자네도 내 나이 정도 되면 그만한 정보쯤은 알아서 물어다주는 사람들을 얻게 될 걸세."

입가에 미소까지 번지는 이영식 회장.

'에휴……'

설악산 큰도사라는 말 앞에 나는 할 말을 잃고 말았다.

하긴 이영식 회장 정도의 인물을 가졌다면 내로라하는 도사 몇 명 간단하게 알고 지내는 것도 놀랄 말한 일은 아니었다.

게다가 도사계의 우두머리 격인 양 도사를 모른다면 그

것도 말이 안 되었다.

내가 너무 예민하게 받아들였는지도 모를 일.

도사 한두 명만 알고 지내도 큰도사에 관해서는 풍문으로라도 듣게 될 그런 이름이다.

"저녁 9시네. 강화도 조용한 펜션에서 갖는다고 했어. 차는 여기서 준비할 테니 전화하면 그때 나오게. 집 앞에서 기다리고 있을 걸세. 절대 들켜서는 안 돼."

말하는 것으로 보아 이미 나의 의사 따위는 상관없이 나를 주축으로 한 계획을 짜 놓은 상태였다.

이영식 회장의 치밀한 성격이 엿보였다.

'조심 또 조심하며 살아야 한다.'

나는 다시 한 번 심기를 다졌다.

눈에 띄지 않았지만 곳곳에 흩어져 살고 있는 능력자들이 적지 않았다.

무술이나 도술을 쓰는 자들만이 능력자가 아니었다.

자신이 갖고 있는 모든 재능과 인맥을 활용해 더 나은 장을 여는 것 역시 삶의 능력자였다.

"제 주변 사람들에 대한 안전은 보장되는 겁니까."

"물론이네. 그 정도는 커버할 수 있다네. 대신 굵은 잡초들은 다시 세상에 나올 수 없도록 제대로 뽑아주게. 그 뒤는 내가 알아서 처리하겠네."

이영식 회장은 자신이 계획한 일을 확신하고 있었다.

일단 나 역시 세아 누나 사건을 통해 이 회장의 선견지명을 짐작하고도 남았다.

오늘 일은 나도 미처 알아채지 못했던 사건이었다.

전체적인 그림을 보지 못한다면 판단하기 어려웠던 상황.

누군가에게는 위기였고 또 다른 누군가에게는 기회로 작용한 오늘의 일이었다.

이렇게 치밀하게 세워진 계획하에 움직였을 조직원들의 동태를 내가 어떻게 알 수 있었겠는가.

그것도 강남 도심 중심가에서 세아 누나가 납치될 것이라고 상상했겠는가.

나는 곧 한국으로 떠나는 것만으로 나와 관련한 많은 일들이 잠잠해질 것이라고 생각했었다.

'어차피 한 번쯤 정리를 하긴 했어야 했어.'

결국 결과적으로 악연의 뿌리를 정리하지 않고서는 태평양을 건널 수 없다는 뜻이리라.

인간의 탈을 쓴 인면수심의 인간들이 생각보다 많이 섞여 사는 세상이다.

상상할 수 없는 끔찍한 일들을 저지르면서도 당당하게 얼굴을 들고 사는 자들이 바로 그들, 일명 잡초였다.

시대를 불문하고 누군가 나서서 그들을 정리해야 이 회장의 말대로 잠깐이나마 평화가 찾아올 것이다.

먼저 내 집 앞부터 깨끗이 청소를 하는 모범 시민처럼 나와 연루된 잡초부터 뽑아내는 것도 나쁘지 않았다.

이 회장의 부탁이 아니었어도 기회가 되었다면 반드시 뿌리째 뽑아냈을 잡초들이다.

끝까지 나와 관련한 조직폭력배들로 인해 일이 꼬이는 것 같아 기분이 가히 좋지 않았다.

그들에 대한 분노가 이글이글 다시 끓기 시작하는 것 같았다.

"알겠습니다. 이틀 뒤… 작업에 들어가겠습니다."

3년에 3년을 더한 특훈이 나의 든든한 줄이 돼줄 것이다.

이쯤 되면 다시는 같은 꼴 당하지 말라며 총알도 피한다는 비법을 전수해 준 양 도사의 은혜를 떠올리지 않을 수 없다.

아낌없이 비법을 풀어먹을 기회가 이번이라면 제대로 써먹을 자세가 돼 있었다.

어려울 것도 뒤로 물러설 이유도 없었다.

계산기를 두들기기 시작했으니 제대로 통계를 내 당한 만큼 깔끔하게 되갚아주면 된다.

대신 이자가 얼마 정도로 계산돼 돌아가게 될지가 관건이었다.

좀 센 이자가 붙는다 해도 당연히 그 정도는 받아들여야 할 입장들이었다.

"하하! 고맙네!"

얼굴 가득 환한 웃음을 띠는 이영식 회장.

약간은 괴팍한 성격도 엿보였다.

처음 대면하는 나를 무엇을 믿고 이렇게 엄청난 일을 맡기는지 말이다.

그리고 이제는 여유까지 보이고 있다.

아무나 섣불리 따라할 수 있는 그런 행동이 아니다.

어떤 이라도 자기 분야에서 탑을 달리는 자들은 그만한 이유가 있었다.

존경받을 만한 이유 말이다.

양 도사는 일명 악의 극에 달한 자라 해도 그가 그렇게 되기까지 쏟은 노력은 하늘이 아는 법이라 했다.

사람은 사람의 잣대로 인정하지 않을지라도 선악을 떠난 구도 위에서는 그 모든 것을 떠나 인간의 노력만이 평가된다는 것이다.

그러나 이 세상은 도인들의 세상도 신들의 세상도 아니다.

선량한 사람들은 보호받고 악을 쫓는 사람들은 법의 테두리 안에서 처벌을 받는다.

'팔자에도 없는 농부 처지가 되겠군.'

웬만해서는 죽지 않는 잡초 제거에 투입된 파이터 농부.

나의 이틀 뒤 신분은 주먹을 써야 하는 사람이었다.

이영식 회장의 제안을 받아들인 것을 후회하지 않는다.

딱 봐도 이는 하늘이 차려준 밥상이었다.

두 번 다시 생각나지 않기를 바란 만큼 제대로 해 처먹어야 한다.

걷어차면 그것이야말로 머저리.

"고맙네……."

"아닙니다."

"잘 선택한 것이네. 어떤 형태로든 힘을 가진 자는 힘없는 자를 돕고 살아야 하는 것이 의무네."

"……."

익히 나도 들어온 말이었다.

이치를 얘기할 때 양 도사가 자주 인용하던 말이다.

도는 어차피 이치를 수만 가지로 풀어 길을 낸 것이다.

도사들 몇 명만 거쳐도 이치들에 관한 얘기들은 쉽게 들을 수 있으니 이 또한 예민하게 반응할 필요는 없었다.

다만 직접 체득한 것이냐 그렇지 않느냐의 차이가 있을
뿐이다.

"필요한 게 있으면 여기 김 부장한테 전화 넣게. 도울 수
있는 일은 다 돕겠네."

이쯤 되면 나도 대한민국 주먹계의 수장 중 한 명과 인맥
을 잘 텄다.

제대로 인맥을 이용할 사람이었다면 눈이 확 뒤집어질
제안이다.

"뒤처리만 깔끔하게 해주십시오."

기꺼이 고개 숙여 다시 한 번 부탁했다.

나는 또 다른 인연에 다시 엮이고 있었다.

다른 사람들은 상상할 수 없는 삶.

나만이 감당해 낼 수 있는 나의 인생 모습이었다.

제8장
삭초제근

마스터K

"멍청한 새끼들!"

"죄, 죄송합니다."

"일처리를 그따위로 하니 우리가 아직 강남을 못 먹는 거 아냐! 이 개쌍놈의 새끼들아!"

콰앙!

와장창창.

두꺼운 크리스탈 재떨이가 바닥에 처박히며 박살이 났다.

"야! 이 쉐끼들아! 전쟁이야! 전쟁! 니들이 뱃대지에 차고 다니는 기름덩어리가 그냥 만들어진 줄 알아? 우리 같은 깡패들은 다른 놈들 피를 빨아먹고 살아야 해! 그런데 일을 그따위로밖에 처리 못해? 이 개돼지만도 못한 버러지 같은 새끼들아!!"

온갖 욕설을 내뱉으며 손가락으로 삿대질을 하는 달수파 수장 임달수.

새카맣고 굵은 송충이 눈썹이 하늘 무서운 줄 모르고 휘어진 채 치솟았다.

평소에도 성격은 더러웠지만 요즘처럼 더럽지는 않았다.

얼마 전부터 부쩍 예민해져 있었던 임달수.

강민의 재출현으로 더했다.

칼같이 날을 세운 채 하루도 조용할 날이 없었던 달수파 내부.

과거와 같은 실수를 범하지 않기 위해 이번에는 머리를 썼다.

목표는 장세아.

대신 장세아를 납치하는 데 이 일에 관련한 아무것도 모르는 다른 조직의 똘마니를 이용했다.

나름 철두철미한 계획하에 진행한 일이었다.

모든 게 완벽했다.

평소 장세아의 동선을 파악해 놓은 상황이었고 실수할

만한 요소는 전혀 없었다.

그런데 틀어졌다.

갑자기 나타난 방해꾼들에 의해 똘마니들이 당했다.

예기치 못한 상태에서 당한 일이었다.

화가 머리끝까지 치솟은 임달수.

강민을 잡기 위한 최고의 미끼였다.

3년 전 납치를 감행했던 임혁필을 다시 쓸 수는 없었다.

이미 당시 납치 사건은 달수파와 연관되어 있다는 사실을 검경찰이 다 알고 있었다.

또 요즘은 잘나가는 골프 선수로 활발하게 활동하고 있어 더 쓸 수 없는 카드다.

장세아도 처음부터 미끼 대상으로 찍었던 것은 아니다.

선후배 인맥이 전국 곳곳에 퍼져 있고 국민들의 관심이 쏠려 있는 한국 고등학교 학생 납치는 무리가 있다고 판단한 데서 나온 차선책이었다.

장씨 부부도 손을 쓸 수 없었다.

장기남의 주변 인물들이 거의 검찰 쪽에서 일하고 있는 상황.

그중에서 가장 만만한 대상이 장세아였을 뿐이다.

얼굴도 그만하면 반반한 데다 여차하면 성폭력 납치 사건쯤으로 위장하기도 쉬웠다.

그런데 다 된 밥에 코를 빠뜨렸다.

멍청한 놈들이 눈앞에서 당한 것이다.

"회장님, 고정하십시오. 분명 다른 조직이 개입한 것 같습니다."

"다른 조직? 그걸 말이라고 해. 어떤 놈들이란 말이야?"

"강민을 노리는 자들이 또 있다는 말씀입니다. 저희만 강민을 쫓는 게 아닙니다. 다산파나 강동파도 강민을 찾고 있었습니다. 분명합니다."

"당철용이는 내일 모레 만나기로 했잖아."

"잘은 모르지만 보디가드였을 수도 있습니다."

"젠장, 그 새끼 생각만 해도 혈압이 오르니……."

임달수는 있는 대로 화가 뻗친 상태에서 쉽게 진정을 하지 못했다.

털썩.

달수파 내부에서 2인자로 불리는 김 실장의 말에 임달수는 잠깐 화를 가라앉히며 자리에 앉았다.

"그놈을 처리하는 일은 잠시 뒤로 미뤄도 좋을 듯싶습니다. 당철용의 제안처럼 사철파부터 정리하는 게 어떻습니까."

사십대 초반의 김 실장.

당철용이 두 조직이 먼저 힘을 합쳐 사철파를 조직 세계

에서 정리해 버리자고 제안했던 것을 다시 한 번 상기시켰
다.

현재 김 실장이 운영을 맡고 있는 매니지먼트사는 꾸준
히 승승장구했다.

그리고 경영하고 있는 룸살롱 또한 적지 않은 흑자를 냈
다.

국내뿐만 아니라 해외에서 조달해 온 1급수 물을 고객들
에게 제공하면서 크게 호황을 맞은 것이다.

올백 스타일을 한결같이 고수하는 김 실장.

날카로운 눈매에 빠른 두뇌 회전까지. 임달수에게는 없
어서는 안 될 인물이었다.

"찝찝해서 그래. 그놈만 생각하면 열천불이 난단 말이
야. 그래서 미리 제거해 버리고 싶었는데……."

찝찝.

김 실장의 말에 임달수는 입맛을 다셨다.

눈을 가늘게 뜨며 아쉬운 독기를 뿌렸다.

"기회가 있을 겁니다. 잡아놓은 약점이 한두 개가 아니지
않습니까."

"그래, 그래, 그래야지."

이번에 제대로 본보기를 보여주기 위해 아끼던 총까지
쓸 생각을 하고 있었던 임달수.

수십 자루의 총을 갖고 있는 임달수는 창고에서 일을 치를 계획이었다.

지금까지 조직을 꾸려오면서 가장 위험한 적수로 강민을 찍은 상태였다.

정체불명의 영감탱이 두 명이 출연하기 전에 숨통을 끊었어야 했다.

이 순간에도 그때 생각을 하면 울화가 치밀었다.

하늘을 날던 도사 영감들.

"물러가 있어."

"네, 형님."

임달수는 무릎을 꿇은 채 앉아 있던 중간 보스들을 물렸다.

"당철용이 약속을 지키겠어? 괜히 그 새끼 밥그릇만 키우는 거 아닌가 모르겠다."

"뒤처리를 하자면 우리 쪽 손이 절대적으로 필요할 겁니다. 여차하면… 함께 쓸어버려야죠."

"흐흐흐, 그 생각 괜찮군."

세상이 아무리 180도 바뀌었다 해도 조직의 필수 조건은 쪽수와 잔인함이었다.

과거 조직이 성행할 때만 해도 1년에 몇 차례에 걸쳐 수백 명 조직원과 그의 식솔들이 묻히는 일이 다반사였다.

김 실장의 말대로 수가 틀리면 다산파도 함께 묻어버리면 그만이었다.

중요한 건 증거를 남기지 않는 것뿐.

쥐도 새도 모르게 증거까지 인멸해 버린 후라면 그 누구도 달수파를 어쩌지 못한다.

"일단 모레 회동 자리에서 구체적으로 할당 요구 지역을 말씀하십시오. 적당히 강하게 밀고 나가셔도 될 것 같습니다."

"그래야지. 내 평생의 소원이 강남 입성인데… 초라해서는 안 되지. 흐흐흐."

인천도 수도권에 속했지만 늘 지방 조직 취급을 받아왔던 달수파.

그 한이 풀릴 거라는 생각에 조금 전까지 강민으로 인해 받았던 분노는 자취를 감춰 버렸다.

조직원들이 가장 처리하기 수월해하는 물건들이 바로 정에 약한 놈들이다.

막다른 골목까지 몰리고도 끝에 가족애나 동료애를 발휘하는 놈들이 수두룩했다.

결국 몸 버리고 돈 버리고 목숨까지 버리는 것이다.

조직원들 역시 정에 약하면 이 일을 해낼 수 없다.

조폭 자격이 없는 것이다.

임달수가 가장 강조해서 말하는 것이 자신들은 피로 먹고 사는 흡혈충 같은 인생들이라는 것이다.

"걱정 마십시오. 화려하게 입성하실 겁니다. 그렇게 준비하고 있습니다."

"그래, 김 실장 자네가 수고가 많았지. 이번에 강남 들어가면 한 구역 떼어주겠어."

"감사합니다, 회장님."

다른 조직원들에게는 칼 같았지만 김 실장에는 유난히 부드럽게 대하는 임달수.

탁월한 지략과 눈치.

그리고 은근한 잔인함까지 겨미한 달수파의 기둥이 바로 김 실장이었다.

"저녁에 술 한잔하지."

"쓸 만한 애들로 준비하겠습니다."

"저번에 봤던 걔 이름이 뭐지?"

"달비입니다."

"한 번 더 보자고."

"준비하겠습니다."

"그래, 가봐."

"그럼 쉬십시오."

한고비를 넘기는 듯하자 임달수가 본성을 드러냈다.

한두 번 있었던 일이 아닌 만큼 김 실장도 알아서 상을 차리겠다고 했다.

세월이 지나도 변하지 않는 임달수의 여성 편력.

김 실장이 운영하는 룸살롱을 안방처럼 드나드는 것도 한두 해 일이 아니었다.

물갈이를 필수로 급수 관리를 하는 것도 다 임달수를 염두에 둔 것이다.

오랫동안 김 실장을 통해 내로라하는 연예인급 여성들을 마음껏 맛봐온 임달수다.

또한 임달수에게 알아서 앵기는 계집들은 자신들이 갖고 있는 무기가 무엇인지 정확하게 알고 이용했다.

개중에는 성공을 해 제 인생을 찾겠다고 스스로 걸어 나간 계집들도 있었지만 습관을 버리지 못하고 다시 기어들어 오기도 했다.

허영과 욕망이 만들어낸 환상을 쫓는 이들이 젊음을 이용해 한 방 인생 역전을 꿈꾸는 곳.

평범한 일상이 차라리 지옥과 같이 느껴져 싫다는 게 이유들이었다.

임달수는 그런 심리를 잘 이용해 단물을 쪽쪽 빨아먹고 뒤로 던지는 실력 또한 누구보다 뛰어났다.

색깔만 달랐지, 어차피 조직원으로 고개 숙이고 들어오

는 놈들이나 그 계집들이나 다를 게 하나도 없다고 보는 임달수.

그 순간의 열정만큼은 아무리 더러운 욕망이라 할지라도 순수하다고 생각하는 인물이었다.


스윽.

휘리리릭.

장생신선술을 운용하는 데 있어 공간은 장애가 되지 않았다.

내 한 몸 들어가 움직일 수 있는 공간 정도면 충분했다.

단전에서 시작된 기의 열기는 온몸의 세맥을 통해 돌기 시작했다.

뻗고 내지르고.

한 동작 한 동작이 연결될 때마다 천지간의 기운과 하나가 되어 흘렀다.

스르르륵.

휘리리리리릭.

느린 듯 흘렀지만 때론 빠르게 갖가지 속도를 보이며 바람처럼 내 몸을 스쳤다.

스스슷.

멈추지 않고 계속된 수련은 한 시간을 채우고 나서야 끝났다.

갈무리되는 기운들이 다시 세맥과 단전으로 스며들었다.

"휴우."

짧게 마무리되는 한숨.

"바로 이 맛이야."

감고 있던 눈을 떴다.

눈을 감는다고 앞이 보이지 않는 것은 아니었다.

다만 눈꺼풀을 내려놓는 정도의 효과를 보기 위해 눈을 감는 것이다.

천지간의 기운이 나의 기운과 하나가 될 때 몸 안에 한정된 의식은 철저하게 제삼자의 입장을 취하게 된다.

삼매에 든 채 무아지경의 경지에 빠져들지만 본래 의식은 더 맑고 명료하게 깨어 모든 상황을 지켜보는 것이다.

결국 선천태극오행기공의 이해가 깊어질수록 여러 갈래로 분리되는 의식의 경계와 나를 관하는 경지도 함께 깊어지는 효과를 보게 된다.

뭐랄까.

우주와 하나가 되어가는 의식과 육신의 합일점 같은 것을 확인하게 된다고 할까.

"이러다 나도 옥황상제 면담 날짜 잡히는 거 아냐?"

도사들이라면 누구나 궁극의 목표로 삼는 우화등선.

과거에는 세상 사는 게 힘들고 팍팍해 신선계를 이상향으로 삼았지만 지금 세상은 달랐다.

돈과 건강만 받쳐준다면 하늘의 옥황상제 부럽지 않은 삶을 영위할 수 있었다.

더구나 이제야 세상 사는 재미를 쏠쏠하게 느끼고 있는 나로서는 이렇게 젊고 창창한 나이에 하늘로 휙 하고 뽑혀 들어가고 싶지는 않았다.

인간 세상이란 곳이 본래 인내한 만큼 얻는 게 많은 기회의 생이란 것을 나는 익히 깨달은 바가 있었다.

그 깨달음 역시 양 도사의 공으로 얻게 되었다 해도 과언이 아니지만 말이다.

도사 짓은 도사들이나 하며 살게 두는 것이 좋다.

난 평범한 인간으로서 능력 좀 갖췄다 싶게 살다 갈 생각이다.

"드디어 디데이군……."

시간은 그때그때 다른 속도를 흘렀다.

이틀 전 이영식 회장을 만나도 돌아와 바로 예린이와 늦은 데이트를 즐겼다.

내가 집 앞에 도착할 때까지 밖에서 서성이고 있던 예린이.

머릿속은 복잡하고 마음의 여유도 없었지만 그런 예린이

의 모습을 외면할 수 없었다.

이미 나를 얼마나 걱정했는지 그새 얼굴이 살짝 수척해 보일 정도였다.

예린이의 눈빛에서 그녀의 마음이 온전히 전해져 왔다.

머리도 식힐 겸 곧장 차를 돌려 남산에 올랐다.

배고파 하던 예린이.

중간에 햄버거와 얼음 동동 띄운 콜라 한 잔을 사 먹었다.

그것만으로 금세 환한 미소를 지으며 행복해하던 예린이.

밤하늘도 맑은 데다 야경도 끝내주었다.

온갖 아름다운 색상의 가루를 뿌려놓은 듯 눈부신 도심의 풍경.

그리고 유유히 흐르는 한강.

처음으로 제대로 된 서울의 야경을 보았다.

미국으로 건너가면 언제 다시 서울에 오게 될지 기약할 수 없었다.

목표한 바를 이루기 위해 잠시 떠나는 것이지만 나도 태어나 처음 겪는 일이다.

시간이 너무 늦은 관계로 예린이와의 데이트는 짧게 끝났다.

저택으로 돌아오자 다시 머릿속의 복잡한 일들이 잠깐 나를 괴롭혔다.

일단 몸을 점검한 후 여러 가지 필요한 정보들을 취합했다.

하루가 멀다 하고 변화를 거듭하고 있는 세상.

나의 하루 역시 세상의 일부이다 보니 피해 갈 수는 없었다.

진실이 거짓이 되고, 거짓이 진실이 되기도 하는 혼란의 시대.

지구촌 역시 인터넷 세상에서 뒤죽박죽 섞이기는 마찬가지였다.

현실 세계와 별반 다를 게 없는 가상의 세상.

넘쳐 나는 고급 정보들이 홍수를 이뤘다.

하지만 뭐가 진실인지 알아차린 이들만이 그 정보도 찾아 쓸 수 있었다.

각 전문 분야의 선각자들은 위험 수위가 높아지고 있다고 곳곳에서 예견하고 있었다.

하지만 이제는 흔한 우주선의 방문 정도로 취급되고 있는 경고들.

차고 넘치는 것이 많다 보니 걸어찰 것도 많아진 것이다.

일이 터지고 난 뒤 또 사람들은 외칠 것이다.

왜 알려주지 않았느냐고.

몰랐으니 책임도 없다고 말하며 과거의 윤택했던 삶을 돌려 달라고 말이다.

더 이상 당겨 쓸 신용이 없다는 것을 인정하지 않은 채 계속해서 손을 내밀 것이다.

세계 경제가 불황의 소용돌이 속으로 한 발 한 발 가까워 지고 있었다.

누군가는 경고를 날리고 있고 누군가는 괜찮다고 말하고 있다.

아무것도 가진 게 없는 나로서는 서둘러 미국으로 들어 가 발판을 다져야 하는 입장이다.

생각지 못한 로프에 발목이 잡혔다.

이영식 회장의 당부가 아니어도 나를 위해서라도 일을 잘 마무리 지어야 한다.

그들은 때로 침묵이 그 어느 것보다도 무서운 경고라는 것을 알아야 했다.

경고를 무시한 대가는 소돔과 고모라의 얘기처럼 재앙이 되어 다시 본인들에게 돌아간다는 사실을 잊어서는 안 되 었다.

지금이야말로 노아의 방주가 절대 필요한 시점이다.

"바쁜 일이 있다고 했으니까……."

저녁에 할 일이 있다고 예린이에게 말해놓았다.

또 야심한 시각에 내 방에 찾아올 사람은 예린이밖에 없었다.

다행히 오늘은 리포트 때문에 예린이도 시간이 없다고 했다.

무슨 일이 있었는지 묻지 않고 흔쾌히 손을 흔들며 자신의 방으로 가던 예린이.

짧게나마 나와 데이트를 했다는 것 때문에 마음을 푼 것 같았다.

띠리리리 띠리리리.

"흠."

얼추 준비를 다 하고나자 휴대전화가 울렸다.

시계를 보니 때가 되었다.

띠릭.

나는 가볍게 전화를 받았다.

"저택 왼쪽 골목 200미터쯤에 왔소."

낯선 남자의 목소리다.

"알겠습니다."

띠릭.

길게 받을 필요가 없는 통화.

"후우……."

나는 길게 숨을 몰아쉬었다 내뱉었다.

지난 20년을 통틀어도 오늘처럼 마음먹고 주먹질을 했던 적은 없었다.

물론 6년 동안의 극강한 무술 수련으로 단련된 나를 상대할 만한 자들은 거의 없었다.

'잡초는 뿌리까지 제거해야 한다고 했지…….'

삭초제근(削草除根).

누구나 알고 있을 유명한 한자성어.

나는 블랙의 골프 장갑을 착용했다.

그리고 빠뜨릴 수 없는 중요한 것 한 가지 더.

예린이가 자신의 방 벽에 걸어두었던 은색 나비 마스크다.

할로윈 데이 때 쓰고 쓰는 마스크를 장식용으로 걸어두었던 것을 구경 좀 하자고 대여했다.

이 정도면 준비는 완벽했다.

'CCTV를 잘 피해 나가야 한다.'

웬만한 사각지대는 모두 파악해 놓았다.

곧장 CCTV가 미치지 못하는 곳을 관통해 나가면 무리가 없었다.

인기척도 남기지 않고 방을 빠져나가는 것이 첫 번째 관문.

나의 모든 알리바이를 증명해 줄 주택 주변에 설치된 CCTV.

내가 현재 믿을 수 있는 것은 오성그룹의 경비 시스템뿐이다.

예린이와 저택으로 돌아온 후 나는 내 방에서 한 발자국도 밖으로 나가지 않은 것이다.

차도 차고에 들어가 있고 저택 도우미들이 나와 예린이를 봤으니 증인이 돼줄 것이다.

스르륵.

가볍게 열리는 창문.

수 대가 설치돼 있는 CCTV는 저택 내부 쪽으로는 단 한 대도 향해 있지 않았다.

집 안에서만 확인할 수 있는 CCTV의 사각지대.

스르륵.

발코니 쪽으로 나온 후 다시 창문을 닫았다.

방문을 잠궈놓고 나온 상태라 불이 나기 전에는 문을 열일이 없었다.

스스스스.

살짝 내공을 운용하자 온몸의 기가 활동을 시작했다.

무겁게 느껴지던 육체의 기가 한결 가뿐해졌다.

'가볼까~'

휘릭.

고양이처럼 사뿐하게 땅에 내려앉았다.

한 번의 도약으로 약 5미터씩 이동했다.

휘릭휘릭!

약 200미터쯤 저택의 음영 지역을 중심으로 이동하자 눈 앞에 나타난 높은 담장.

터억!

거침없이 무릎과 발목을 이용해 몸을 날렸다.

담장 위에 설치된 미세한 자외선과 적외선 울타리의 정체.

그 위를 한 마리 미조처럼 날았다.

턱!

신발 밑창에 느껴지는 바닥의 감촉.

징이 빠져 있는 골프화는 상당히 가볍고 탄력적이었다.

터더덧.

그동안 봐놓았던 저택 밖의 CCTV 사각지대를 골라 가차 없이 몸을 날렸다.

가로등 불빛이 환하게 골목을 밝히고 있었지만 인적은 보이지 않았다.

순식간에 저택을 빠져나와 골목길로 접어들었다.

눈에 골목 중간에 멈춰 있는 검은색 승용차 한 대가 들어왔다.

'잘도 피했군.'

CCTV가 없는 곳을 잘도 찾아내 숨어 있었다.

세상에 완벽은 꾀할 수 있지만 절대 완벽은 가능하지 않다는 것.

딸깍.

터억.

따로 승낙 같은 것을 받지 않고 시동이 걸린 채 멈춰 있던 승용차 조수석에 올라탔다.

"출발합시다."

'기운이 강하군.'

통성명도 하지 않은 채 사십대 정도로 보이는 사내와 나란히 앉았다.

기운이 강하고 단단했다.

제법 포스가 느껴지는 남자.

"얼마나 걸립니까."

"네비로 확인하니 길이 막히지 않아 약 한 시간 십 분쯤 소요되는 걸로 나왔소."

"잘 부탁합니다."

"내가 할 소리요."

"얼마나 됩니까?"

"확보된 정보에 의하면 양쪽에 각각 스무 명씩 해서 40여 명 정도 되는 것 같소."

'40명이라…….'

생각보다 많은 인원은 아니었다.

"총기까지 준비돼 있다고 하니 여러모로 조심하는 게 좋을 거요."

말투가 거칠고 투박했지만 가벼운 사람 같지는 않았다.

"좌석 밑에 손 넣어보시오. 스마트 패드가 있소. 그 안에 펜션 사진과 내부 지도가 있으니 미리 숙지하시오."

부우웅.

잘빠진 대형 외제 승용차.

부드러운 배기음을 뿜으며 골목길을 빠져나와 큰길로 합류했다.

'확실히 정리하고 깔끔하게 뜨자.'

이영식 회장이 한입으로 두말할 인물은 아니었다.

뒤처리 약속을 한 만큼 믿고 맡길 것이다.

나의 할 일은 큰 것으로 몇 뿌리만 뽑으면 된다.

스윽.

남자가 말한 대로 좌석 밑에 손을 밀어 넣었다.

얇은 스마트 패드가 손에 잡혔다.

만사불여튼튼이라.

상황이 어떻든 기본 정보가 많을수록 행동 범위가 자유로워지고 유리한 입장이 된다.

'요즘은 조폭도 배워야 해먹겠어.'

덩치로 보나 분위기로 보나 중간 보스급 이상의 인물.

운전도 능숙하게 잘했다.

과거 같았다면 사시미나 단도 같은 것을 건넸을 것이다.

하지만 최신 스마트 패드가 준비물의 끝.

21세기 조폭 세계의 진화가 계속되고 있다는 증거였다.


"오랜만에 뵙습니다, 당 회장님."

"으하하하, 어서 오십시오, 임 회장님."

강화도 해변 끝자락에 무인도처럼 덩그러니 위치한 대형 펜션.

오늘 하루 다산파와 달수파 양측에서 통째로 전세를 냈다.

그리고 모인 강남과 인천의 두 조직의 조직원들과 보스가 마주했다.

와락.

평소에도 잘 지내왔던 사람들처럼 서로를 거칠게 부둥켜안은 당철용과 임달수.

이들의 관계를 모르는 사람에게는 절친한 형과 아우 정도로 보았을 정도로 반갑게 서로를 맞았다.

연배도 비슷했고 서로 인정하는 대형 조직의 보스라는 신분 때문에 기분 좋게 회장님으로 호칭했다.

하지만 눈에 보이지 않는 자존심 대결이 이미 시작되고 있었다.

두 사람의 분위기와 상관없이 주위에 삼삼오오 무리 지어 있는 조직원들 사이에서 불이 붙었다.

화기애애한 두 사람과 달리 그들이 풍기는 기운은 날카로울 대로 날카로웠다.

당철용과 임달수를 호위한다는 목적으로 한공간에 모인 조직원들.

심리전이 장난 아니었다.

"2년 전 뵈었을 때보다 더 젊어지신 것 같습니다. 회춘 비법이라도 따로 있는 것입니까."

성격이 서글서글한 임달수가 먼저 너스레를 떨었다.

하지만 눈빛만큼은 살쾡이처럼 빛났다.

"있으면 저에게도 좀 알려주십시오."

과거 대기업 회장들과 중국 조직 보스들을 상대했던 접대 습관이 몸에 배 있었다.

하나도 변하지 않은 접대성 발언.

임달수가 가장 저급하게 취급하는 것이 쓸데없는 자존심을 지키겠다고 고개를 쳐드는 것과 인정이었다.

"뭐 따로 있겠소이까~ 밥 잘 먹고 운동 잘하고, 가끔 술이나 한잔하면 스트레스도 안 받고 좋습디다."

"하이고~ 부럽습니다. 당 회장처럼 살 수만 있다면 나도 좋겠소이다."

"거참, 엄살이 심한 것 아니오. 인천도 부족해 평택에 수원까지 다 한상에 놓고 잡수시는 양반이 그러시면 안 되지요. 하하하."

"그게 얼마나 된다고. 먹어도 허기만 더 생깁니다. 강남한 구역만 못하지요. 그저 당 회장님이 부럽기만 합니다."

"하하하, 그렇게 부러우면 좀 떼 가시구려. 요즘 같아서는 다 접고 강원도 어디 암자에라도 들어가 조용히 살고 싶은 생각뿐이오."

분명 웃음이 오가고 농담이 섞이는 자리였지만 말속에 뼈가 들어 있는 두 사람의 대화.

파밧파밧.

굵은 원목들을 뼈대로 해 천장을 높게 해 지은 통나무집 펜션에 강한 기운이 가득 몰아쳤다.

"자자, 앉읍시다. 대명 포구에 들러 자연산 광어에 우럭을 회로 좀 떠왔소이다. 안주 삼아 시원하게 목이나 축입시다."

"좋지요~ 그렇지 않아도 소주 생각이 간절했습니다. 하하하."

약 40평 정도 되는 꽤 넓은 펜션 내부.

거실 중앙에 놓인 기다란 원목 테이블 위에 먹을 것들이 차려져 있었다.

두툼하게 썰린 회 두 접시와 여러 가지 해산물 안주.

그리고 소주가 몇 병 놓여 있었다.

거대 조직을 움직이는 보스들을 위한 자리치고는 부족해 보였지만 오늘 모임의 목적이 따로 있는 만큼 문제될 것은 없었다.

"너희는 나가 있어라."

"네! 회장님!"

"그래, 니들도 가서 쉬어라."

"넵!"

거실까지 따라 들어온 최측근 보디가드들을 물리는 두 사람.

스스슥.

처음부터 그림자였던 것처럼 조용히 문밖으로 사라졌다.

"앉읍시다. 몇 번 와본 적이 있는데 호젓하고 좋습니다."

당철용이 먼저 차려진 횟상에 자리를 권했다.

"밖에 파도 소리도 들리고 아주 그만이지요."

"당 회장님, 파도 소리 좋아하시면 인천으로 오시지요. 매일 듣다 보니 저는 바닷가 짠 내만 맡아도 속이 울렁거립니다."

"이런! 제가 생각이 짧았습니다. 장소를 잘못 정한 것 같습니다."

"아닙니다, 아니에요. 인천 바다 냄새보다 훨씬 낫습니다. 하하하."

임달수가 암암리에 말에 잔가시를 심어 당철용의 눈치를 살피며 슬슬 뱉어냈다.

"그런데… 누가 오기로 했습니까?"

그러고 보니 테이블 위에 놓여 있는 소주잔과 자리 세팅이 세 사람의 자리가 마련돼 있었다.

"둘이만 마시기 적적할 것 같아 한 사람 더 불렀습니다."

임달수가 그제야 자릿수를 확인하고 묻자 당철용이 대답했다.

"네? 누구를 말씀입니까?"

은밀하게 강남 사철파를 정리하기 위해 임시 동맹 결성 후 만든 자리였다.

누가 봐도 불청객이 끼어들 자리가 아니었다.

임달수의 표정이 살짝 불쾌하게 변했다.

"임 회장님도 아시는 분으로 모셨습니다."

'뭐야. 이 새끼, 지금 날 물먹이려는 속셈인 거야?'

당철용의 표정에서 의미심장한 미소를 읽어낸 임달수의 신경이 곤두섰다.

말투도 기분 나빴다.

강화도 역시 인천 쪽 애들이 다스리는 지역이긴 하지만 하급 지역이었다.

쪽수에서 밀릴 리 없지만 다른 놈이 합류한다면 말이 달라진다.

"이거 누가 오시는지 몰라도… 사전에 한 말씀 주시지……."

"나도 한 시간 전에야 전화를 받았습니다. 소주 한잔하자는데 별 다른 이유 없이 거절할 수도 없었습니다."

더 오기로 했다는 한 명의 정체를 밝히지 않고 말을 돌리는 당철용.

'감히 어떤 새끼가 한 시간 전에 전화를 해?'

임달수의 궁금함과 불쾌감이 같이 증폭되고 있었다.

대한민국을 대표하는 조폭계의 두 보스가 갖는 자리.

그런데 그 자리에 고작 한 시간 전에야 전화를 해서 소주 한잔하자고 할 만한 인간이 몇이나 되겠는가.

더더덕.

그때 조용히 문이 열리더니 임달수의 수하 한 명이 들어왔다.

그리고 임달수의 귓가에 입을 가까이 댔다.

"회장님, 강동 회장님이 오셨습니다."

"뭐, 뭐야? 이정문이가!"

화들짝 놀란 임달수.

몇 번 안면을 튼 적이 있고 지방까지 영역을 확장하면서 밑에 애들끼리 부딪힌 적이 있는 강동파 보스다.

'이정문이가 왜?'

"이제 도착하신 것 같습니다."

내심 당황한 임달수와 달리 빙그레 웃으며 말을 건네는 당철용.

'이 새끼 도대체 뭔 꿍꿍이를 꾸미는 거야!'

당철용과 달리 이정문과는 껄끄러운 관계에 있는 임달수였다.

갑자기 입안에 쓴맛이 확 돌았다.

"이거 회장님 덕분에 이정문 회장도 보게 되었습니다그려."

"미안하게 됐습니다. 이 회장이 보기보다 성격이 급한 건 임 회장도 알고 있지 않습니까."

겉모습은 늑대 같았지만 속은 음흉함을 감춘 여우와 같

은 당철용.

임달수의 속을 훤히 들여다보는 듯 비릿한 미소를 연신 피워냈다.

하지만 임달수도 밀리지 않았다.

의연하게 대꾸하며 어차피 지나가는 시간이라고 스스로를 다스렸다.

"조용히들 하라고 해라."

"넵!"

임달수의 안전을 최우선으로 움직이는 조직원들.

약속에 없었던 이정문의 등장으로 술렁였던 조직원들을 진정시켰다.

그리고 잠시 후.

"아이고! 제가 좀 늦었습니다."

"하하, 어서 오십시오, 이 회장님!"

작은 키에 반백의 대머리 이정문이 문 안으로 들어섰다.

세 사람 중 연배가 가장 높았지만 생전 말을 놓는 법이 없었다.

스윽.

이정문의 등장에 임달수가 일어났다.

"어서 오십시오."

일단 속내를 감추고 얼굴에 환한 웃음을 띠며 이정문을

맞았다.

처음이었다.

각 조직을 따로 운영하는 보스 3인이 한곳에 모여 회동하는 자리.

파바바밧.

눈에 보이지 않은 날카로운 기운들이 웃음 띤 얼굴 뒤에서 불꽃을 튀겼다.

"앉아서 얘기합시다. 내가 요즘 회오리 소주 만드는 비법을 제대로 배웠습니다."

이 자리를 만든 당철용이 자리를 가리키며 앉기를 권했다.

"오! 소주에 회까지 있었습니까. 하하, 고맙습니다. 갑자기 합류한 불청객을 이렇게 환영해 주셔서 말입니다."

"불청객이라니요. 임 회장님, 어떻습니까, 그렇게 생각하지 않으시죠?"

임달수의 안색이 살짝 바뀌는 것을 귀신같이 눈치채고 당철용이 은근슬쩍 물었다.

이에 질세라 얼굴색을 확 바꾼 임달수가 만면에 환한 웃음을 띠며 대답했다.

"그럼요~ 이정문 회장님은 제 형님과 연배가 같으십니다. 앉아서 제 술 한잔 받으십시오. 하하하."

웃음이 오고 갔지만 결코 화기애애하지 않은 분위기.

시퍼렇게 날이 선 작두를 타듯 아슬아슬한 술자리가 그렇게 시작되고 있었다.

그것도 사시미를 잡고 흔들던 손에 맑은 소주잔을 들고 말이다.

제9장
염라대왕 조교

"뭐라고! 강동의 이정문이까지 왔어! 확실한 거야?"

강화도로 막 접어들었을 때 한 통의 전화가 걸려왔다.

조용히 운전만 하던 남자의 목소리가 살짝 높아졌다.

'강동 이정문? 참나, 그러면 그렇지.'

나는 통화 내용으로 대충 상황이 어떻게 돌아가는지 짐작이 되었다.

강동파 이정문까지 합류해 줘야 나의 마무리 작업에 의의가 있는 것이리라.

걸려도 제대로 걸린 셈이었다.

정아람 누나에게 제공받은 자료에 의하면 조폭 서열도에서 상위권에 랭크된 지역 중소방파 연합회 회장이 강동파의 이정문이었다.

나와 제대로 안면을 텄던 삼돌산파도 강동 소속이었다.

인천 달수파와 쌍벽을 이룰 정도로 무식함을 무기로 자랑하는 강동파.

그 조직의 우두머리도 오늘 강화도 모임에 합류한 것이다.

"일단 알았다. 감시 잘하고 있어."

띠릭.

통화를 짧게 하고 전화를 끊은 남자.

"위험하게 됐다. 이정문이 애들 30여 명을 데리고 합류했다는군."

상황이 급해지자 남자는 본능적으로 나에게 말을 놓았다.

"요즘 상위 조직원들은 러시아에서 밀수한 총기를 소지하고 다닌다. 또 강동파 애들은 사시미 전문이다. 너 혼자서는……."

"이름자가 어떻게 되십니까?"

"……??"

"이것도 인연이라면 인연인데. 통성명은 해야지 않겠습

니까."

나보다 나이가 한참 많아 보였지만 이런 자리에서는 별로 상관이 없었다.

또 나름 나를 챙겨주는 입장이라고 생각하고 있는 것 같았다.

어차피 목숨을 부지하지 못하면 다시 볼 일도 없는 관계.

나를 걱정하느라 마음을 쓰는 게 고맙게 생각됐다.

"영업부장 강성식이다."

"강 씨세요? 그럼 조상님들이 서론 친인척 관계시네요."

강씨 큰누님에 이어 나와 인연하게 된 사철파 영업부장 강성식.

"어떻게 할 생각이야? 이대로 돌아간다 해도 회장님께서 다른 말씀은 안 하실 것 같은데."

아마 강 부장이 생각해도 이 상황은 예상치 못한 변수임에는 확실했다.

"이왕 왔는데요. 기름값도 아깝고. 쭉 밟으세요."

올림픽대로를 타고 오다 강화도로 접어들었다.

컨디션은 최고.

주저할 필요가 전혀 없었다.

어차피 나에게 있어 연장 든 깡패 형님들은 크게 문제가 되지 않았다.

가을철 논두렁에 서 있는 허수아비 정도.

"도울 수도 있다."

"칼 맞습니다."

"나 조폭이다. 연장 두려워했으면 진작 밥숟가락 놨어."

"형님은 돌아올 때 지금처럼 운전이나 해주세요."

나는 강 부장이 나이도 많고 종씨라 그냥 편하게 형님이라고 호칭했다.

또 말투부터 시작해 분위기가 나쁘지 않았다.

수하들도 보스 따라간다고, 이영식 회장이 데리고 있는 조직원들은 조폭의 품격 같은 게 느껴졌다.

"미안하다. 사실 회장님께서 개입하지 말라고 하셨다."

"현명하신 판단입니다."

"휴우……."

강 부장은 나를 못 믿고 있는 게 확실했다.

조폭 생활이야 겪을 대로 겪었을 테지만 내가 누구인지는 모르고 있었다.

깊은 밤 설악산에서도 이제는 총각 귀신도 한 수 접어주는 존재가 바로 나라는 것을 짐작도 못할 강 부장.

밤새 문밖에서 흐느껴 봐야 시끄럽다는 소리나 쳐 듣던 각종 귀신 세트.

천지간의 이치를 통하고 나면 귀신이라 불리던 이들도

천지기를 이루는 기의 일부라는 것을 알게 된다.

결국 나도 죽으면 언젠가는 환원되는 근원적 자연기의 일부.

그 이치를 깨닫고 나서 나는 한결 자유로워졌다.

한 번은 섞이지 못하고 따로 떠도는 각각의 기를 한곳으로 모아주었던 적도 있었다.

등산을 왔다 산속에서 길을 잃고 헤매다 결국 운명을 달리했다던 처녀 귀신과 도 닦겠다고 겨울에 산에 들어왔다 얼어 죽은 총각 귀신의 기를 합쳐주었다.

얼마나 훈훈했던 일이었는지 지금 생각해도 참 잘한 일이었다.

물론 귀신 같은 존재들이 눈에 보이는 것은 아니었다.

그때도 그들을 자리로 불러낸 것은 양 도사였다.

중간에 양 도사가 있어서 나와의 접촉이 가능했을 뿐 당시에 기를 다루는 실력이 미진해 그들과 기감 대화만 가능했다.

하지만 선명하게 느낄 수 있었다.

죽은 자나 산 자나 모태 솔로의 저주는 영원한 것이었다.

그리고 여자의 내숭은 죽어서도 변하지 않는다는 것도 알았다.

이 꼴 저 꼴 다 본 나에게 연장 들고 설치는 조폭들 상대는 차원 자체가 달랐다.

죽음을 두려워했다면 설악산에서 발을 빼지도 않았다.

"피하고 싶으면 말해라……."

목적지 향해 도로 위를 달리고 있으면서 운전대를 잡은 채 나를 걱정하는 강 부장.

이쯤 되면 역시 피는 물보다 진하다는 말이 맞았다.

'트, 특종이다!'

기자의 삶은 언제나 정신없이 바빴다.

일이 있어도 바빴고 일이 없어도 바빴다.

요즘 같으면 제보없이 움직이면 거의가 허탕이다.

운이 좋아 제보를 받아 현장에 가서 사건을 취재하기 전에는 그럴싸한 기삿거리 잡기가 하늘의 별따기.

그런 일도 없는 날은 과거의 지난 사건들을 뒤져 쓸 만한 것들을 추려내는 게 일이었다.

조국일보 정아람은 오늘도 인터넷을 뒤지고 있었다.

사회란에 실을 만한 기삿거리가 없는지 찾는 중이었다.

띠릭.

문자 수신음이 울렸다.

무심코 문자를 열어본 정아람은 두 눈을 의심했다.

발신 번호가 찍혀 있지 않았지만 '누나'라고 정아람을

부르는 문자.

내용은 강화의 한 펜션에서 대한민국 내 대형 조직의 조직원들이 한판 붙는다는 제보였다.

'형사들이랑 같이 움직여야겠어.'

문자를 확인한 정아람의 손이 파르르 떨렸다.

말로 형용할 수 없는 희열이 전류처럼 온몸에 흘렀다.

기쁨이 물밀듯 밀려왔다.

타 신문사나 방송사보다 먼저 접하는 굵직한 사건의 현장.

조폭들 간의 이권 다툼은 보통 사람들에게 언제나 호기심거리로 먹혔다.

요즘같이 정치에 신물이 난 세상에서라면 더할 것이다.

피 튀기는 조폭 이야기는 한 편의 영화처럼 각색하기도 수월했다.

아쉬운 것은 조직원들끼리 크게 부딪혀도 과거처럼 칼질을 함부로 하지 않는다는 것이다.

가끔 등장하는 용역이나 구사대라는 이름으로 활동하지만 거의가 합법적 테두리 안에서 움직이는 물리력이었다.

최첨단을 달리는 시대를 살아가는 조폭답게 법과 정치권, 언론인들까지 필요한 모든 줄을 다 대놓고 움직였다.

심지어 영화 산업에도 돈을 댄 조폭 찬양론까지 펼치는

이 시대의 조직들.

그들이 패싸움을 벌인다.

그것도 똘마니들만 모여서 싸우는 동네 싸움이 아니다.

그들을 이끄는 보스까지 합세해 벌인다는 소식.

"부, 부장님 저 외근 가요!"

"마감 쳤어? 오늘 나갈 '미시족 묻지 마 관광' 아직 안 넘어왔잖아!"

"특종 잡아올게요! 지면 비워놔요!"

"특종?"

"네! 저 갑니다! 오 기자! 빨리 따라와!"

"네? 넵!"

정아람은 사진을 잘 찍는 부사수를 불렀다.

"아람아! 조심해서 다녀라. 그리고 꼭 특종 물어와!!"

언론사에서 특종은 무소불위의 힘을 가졌다.

"뭐야? 특종?"

"크으! 누가 정 기자한테 넘긴 거야?"

"왕 부럽다……."

자판에 코를 박고 있던 사무실 내 기자들.

서둘러 밖으로 튀어나가는 정아람의 뒷모습을 보며 부러움을 토로했다.

탁탁탁!!

"뭣들 하십니까! 지면 채워야죠! 다들 일해요, 일!"

과거에도 제대로 특종을 터뜨렸던 정아람.

그저 그런 기삿거리로 매번 지면을 채우는 기자들과는 차별을 받았다.

능력이 전부인 세상.

기자들 세상도 다를 게 없었다.


"캬아, 바로 이 맛이지요!"

"회는 역시 자연산이에요."

"오늘따라 소주가 입에 착착 달라붙습니다그려. 하하."

이정문 회장이 불청객으로 합류했지만 술자리는 화기애애했다.

적과의 동침 같은 술자리.

맑은 소주와 맛이 담백한 회 한 점은 잠깐 여러 근심을 내려놓기에 충분했다.

3인 모두 조직의 두목.

수하들 눈도 있고 자존감도 지키기 위해 이런 자리는 쉽게 가질 수 없었다.

소주 대신 고급 양주가 필요했고 아무리 신선한 자연산이라 할지라도 막회보다 그럴싸한 대형 일식집 룸에서 최고의 서비스를 주문해야 했다.

조무래기 시절처럼 소주 한 잔 마음대로 기울일 수 없는 위치들이었다.

애들 앞에서는 찬물도 못 마신다는 말이 왜 있겠는가.

매사 조심해야 하는 자리가 보스의 자리.

틈을 보이면 바로 뱃가죽을 뚫고 들어오는 사시미를 맞아야 하는 바닥이 살벌한 조직의 세계였다.

최고 자리에 앉은 보스라 해도 예외일 수 없었다.

그리고 요즘 같은 세상에 조폭의 의리는 발정 난 암캐의 하룻밤 순정만도 못했다.

허리까지 풀고 진한 소주 한잔에 회 한 점을 못 먹어본 게 세 사람의 현실이었다.

집에서야 가능했지만 이렇게 누군가와 어울려 술잔을 기울이기는 힘들었던 것이다.

탁.

순식간에 소주 다섯 병을 비워냈다.

두툼하게 썰어놓은 우럭과 광어회도 얼추 다 비워진 상태.

이정문 회장이 먼저 젓가락을 놓았다.

타악.

탁.

이어 당철용과 임달수도 젓가락을 내려놓았다.

술자리는 끝났고 남은 것은 허심탄회한 대화뿐.

"솔직하게 말씀드리겠습니다. 제가 들은 정보에 의하면 두 분 회장님께서 사철파를 정리한다고 들었습니다. 이왕 이렇게 된 것 염치불구하고 한 자리 청하러 왔습니다."

말은 염치 어쩌고 하며 입을 열었지만 표정은 전혀 그렇지 않았다.

말인 즉 여차하면 책임 못 지겠다는 강한 기운을 뿌린 것이다.

'개코같은 새끼!'

임달수의 예상이 적중했다.

속에서 막 넘긴 회와 소주가 부글부글 끓어오르는 것 같았다.

사철파를 치기 위해서는 보안이 최우선이었다.

대비를 해본다면 충분히 조폭 전쟁으로 비화될 수도 있는 문제다.

여차해 여론이 등이라도 돌리면 사철파 조직은 그날로 풍비박산이 날 것이다.

빈틈이 생긴 사철파를 치고 들어가 이영식 회장을 치고 조직 수뇌부를 찢어놓으면 된다.

잔챙이들은 흡수하거나 쓸어버리면 그만이었다.

"이 회장님, 강남이 그렇게 크진 않습니다. 뭐, 여러 개로

쪼갤 만한 구역도 아니고⋯ 거참 난처합니다."

당철용도 이정문의 속내를 짐작하지 못한 듯 난처한 표정을 지었다.

'능구렁이 새끼. 지난겨울 뱀을 몇 마리를 처먹은 거야.'

하지만 임달수는 이미 눈치를 채고 있었다.

이정문을 이 자리에 불러들인 건 당철용.

겉으로야 이정문이 강남 일부를 요구하고 있지만 사실 임달수를 견제하기 위한 당철용의 계략인 것을 누구보다 빨리 알아챘다.

또 다른 꼼수가 있을 수도 있다고 임달수는 생각했다.

혼자 이영식을 칠 수 없자 이정문과 임달수를 함께 포섭한 것이다.

나름 머리를 잘 굴린 당철용.

지금 상황으로는 이정문을 끌어들여도 전혀 손해 볼 게 없는 게 당철용이었다.

사철파 구역으로 묶인 곳을 삼등분해 각각 관리한다고 했을 때 당철용이 가장 유리했다.

나머지 반절을 먹고 있는 판에 구역 관리가 더 쉬워졌다.

다음으로 강동파가 이득을 보게 된다.

사철파 구역 중 강동파와 인접한 지역을 접수하면 나쁠 게 없었다.

그러나 달수파는 입장이 달랐다.

사철파 구역을 셋으로 찢으면 인천에서 강남까지 출장을 다녀야 했다.

거리상 크게 문제가 되지는 않았지만 구역을 관리하는 데 있어서는 한계가 있었다.

"확실히 도와주겠습니다. 사철파 애들이 나름 힘 좀 쓰지 않습니까. 쓸 만한 칼잡이 애들로 추려서 투입하면 깔끔하게 처리될 겁니다."

단단히 마음을 먹고 이 자리에 온 이정문 회장.

"말씀은 고맙지만. 사철파 애들이 먹고 있는 구역을 어떻게 나눈다는 말입니까. 여기 임 회장님 접시에 놓을 떡 조각도 크지 않은데……."

"평택, 수원까지 인정해 드리겠습니다. 중간 사장들 중에 임 회장님 구역을 노리는 애들이 있는데 그건 막아드리죠."

'뭐? 막아? 이런 쌍노무 새끼들이 어디서 수작질이야!'

달수파가 공들여 흡수한 수원과 평택이다.

멋모르는 놈들이 지방 조직 연합회인 강동파에 소속되지 않았던 것을 알고 발 빠르게 움직여 순식간에 접수했었다.

하지만 그 밑으로는 내려갈 수가 없었다.

대전과 유성을 먹고 있는 이정문 회장을 비롯해 지방 중소 조직들이 똘똘 뭉쳐 있었다.

그 정도 되면 괜히 건드렸다가 난처한 꼴만 당할 게 뻔했고 영양가도 없었다.

밑으로 다 먹고 배를 불려봐야 인천과 강남만도 못했다.

한때는 세력이 큰 부산 조직이 합류해 제법 힘을 썼지만 수도권에는 확실히 밀렸다.

일부 강동파에 합류한 중소 조직도 있었다.

하지만 자존심 강한 대구와 부산 쪽 실세 조직들은 지역 조직에 만족했다.

과한 욕심만 부리지 않으면 먹고살 만하기 때문에 굳이 수도권까지 진출할 이유가 없었던 것이다.

그러나 전라도와 충청도.

대전과 강원 같은 지방 조직들은 유난히 수도권에 목을 맸다.

아무리 해도 조직의 세를 확장할 수 없는 게 가장 큰 이유.

뭐니 뭐니 해도 먹을 게 많은 수도권에 침을 흘릴 수밖에 없었다.

그렇게 먹잘 것 없는 지방에 더해 지방 조직은 휘어잡기가 더 힘들었다.

문제는 텃새.

얼마나 센지 폭력으로 꿀릴 수 있는 수준이 아니다.

연줄로 닿아 형 아우, 선후배 등의 줄이 있지 않고서는 지방은 먹어도 골머리만 아팠다.

하지만 수원과 평택은 얘기가 달랐다.

여기저기서 모인 조무래기들 출신이 섞여 있던 수원.

그리고 평택항 덕분에 세가 커지고 있던 평택 쪽은 거리도 가까워 임달수가 한 입에 후루룩 말아 먹어 버렸다.

이미 끝난 밥상을 두고 선심이라도 쓰는 척 빈 그릇을 내놓는 강동파 이정문.

"뜻은 고맙습니다만 수원 평택은 이미 인천과 한 몸이 돼서 어지간한 파도는 방파제를 넘지 못합니다."

임달수는 은연 중 확장해 놓은 세력이 만만치 않음을 드러냈다.

"그렇습니까? 그렇다면 다행입니다. 아시다시피 내가 맡고는 있지만 지방 애들이 워낙에 거칠어서 말입니다. 가끔 저한테도 사시미를 들고 덤비는 놈들이 있다니까요."

뛰어난 언변과 수완, 그리고 카리스마.

나름 잔혹한 손속으로 지방 조직들의 추대로 회장 자리에 앉은 이정문이다.

그가 너털웃음을 흘리며 눈을 가늘게 떴다.

이정문의 말처럼 그 휘하 조직원들이 거친 것은 조직 세계에서도 모르는 바가 아니다.

후천적으로 습득된 잔인함이 아니라 태어날 때부터 피가 다른 종자들로 지역 출신 조직원들이었다.

생각 없이 무식하고 용감해 연장질 하기에 최고였다.

달수파에도 지방 애들이 상당수 섞여 있었다.

서울과 인근 수도권을 주무르는 조직원들보다 태생적으로 피가 뜨거웠다.

"이거 참⋯⋯. 어떻게 합니까. 마음 같아서는 제 몫을 떼어주고 싶지만 우리 애들이 요즘 배를 많이 곯아서⋯⋯."

판을 벌인 당사자 당철용이 겸연쩍은 미소를 입에 물었다.

"많이 먹지 않겠습니다. 동부간선도로를 기점으로 쭉 찢어서 잠실하고 송파만 주시면 됩니다."

'도적노무 쉐끼! 잠실이 요즘 얼마나 뜨고 있는데!'

말은 무소유를 실천하는 구도자처럼 하고 있으면서 욕심은 하늘을 찌르고 있었다.

요즘 한창 뜨기 시작한 잠실을 송파에 끼어 꿀꺽하려는 강동파 이정문.

이정문의 요구대로 구역을 찢어주고 나면 강동과 합쳐지면서 꽤 넓은 범위가 강동파에 들어간다.

물론 그렇다고 해서 강남 핵심 지역이 섞여 들어가는 것은 아니었다.

구역은 작았지만 강남은 인구 밀집 지역이었고 그에 비례해 영업권도 좋았다.

잠실이 꿈틀거리고 있긴 하지만 강남 중심에는 한참 못 미쳤다.

"뭐 그 정도면야……."

하지만 임달수의 입장과 달리 이미 이정문과 말이 다 된 듯 당철용이 못 이기는 척 고개를 끄덕였다.

'개새끼들… 오늘은 이쯤에서 빠져주겠어.'

임달수도 버틸 수만은 없었다.

당철용의 도움 없이는 강남 입성이 쉽지 않았다.

사철파를 정리하는 대로 한 자리를 키워 과거 인천을 삼켰던 전적처럼 야금야금 먹어치우면 된다.

물론 시간은 걸리겠지만 의외로 기회가 빨리 올 수도 있었다.

정신만 바짝 차리고 준비에 만반을 기하면 위기와 기회는 불시에 지나가고 또 찾아오게 돼 있다.

"두 분이 원하신다면 저도 양보를 해야겠지요. 까짓것 그럽시다. 깡패도 아니고 자선사업가도 아닌 이영식을 이번 기회에 밀어버립시다."

각 조직 보스들에게 있어 사철파의 이영식은 이질적인 인물이었다.

마약이나 폭력을 비롯해 일체 불법행위를 저지르지 않으면서 강남 일대를 관리하고 있었다.

빵빵한 재력과 자선사업가의 입지전적 능력으로 조직을 통솔하고 있다.

누가 봐도 다른 조직 보스들과는 격을 달리하는 두목인 것이다.

여타 다른 조직원들이 존경하고 부러워하기도 했다.

젊어서야 혈기만 믿고 피 튀기는 것도 즐거움의 한 종류로 느낄지 몰라도 차차 나이가 들어가면서 쫄기 시작하는 게 조직원들이었다.

한두 명씩 동료 조직원들이 상한 몸을 갖고 이렇다 할 보상도 받지 못하는 것을 보며 후회하기 시작하는 것이다.

조직원들도 상위로 올라가는 계급에 정체가 생긴다.

과거처럼 무식하게 힘만 쓴다고 중간 보스 자리에 오르는 게 아니었다.

머리에 힘, 그리고 인맥을 다룰 줄 아는 성품까지 고루 갖춰야 했다.

그렇지 않고서는 어느 순간 양아치로 전락하기 십상이다.

후배들도 개무시하는 그런 막장 인생.

그렇게 나이 먹어가는 조직원들이 암암리에 부러움의 대

상으로 생각하는 조직이 바로 사철파였다.

노후까지 보장하는 조직은 대한민국에서 유일하게 사철
파밖에 없었다.

이 바닥에서는 품격이 다른 조직으로 받아들여지고 있는
사철파.

그러다 보니 타 조직에서는 틈만 나면 강남에서 깨내기
위해 안달이 났다.

"하하! 역시 임 회장님답소!"

"고맙소, 임 회장. 언제 은혜를 갚으리다."

'조까튼 놈들, 양껏 비웃어라. 기회 봐서 순서대로 정리
해 줄 테니까.'

이래 봬도 조직 세계에서는 잔혹하기로 따를 자가 없는
임달수였다.

당철용이나 이정문의 비웃음 따위에는 끄덕도 하지 않았
다.

물론 속이 뒤틀리는 것까지는 어쩌지 못했지만 말이다.

"거하게 술 한잔합시다. 이런 자리가 자주 있는 것도 아
니고."

또로록.

임달수는 대수롭지 않다는 듯 잔을 채웠다.

이제 남은 것은 날짜를 잡는 일.

웬만한 사건이 있지 않고는 보스들끼리 결정한 사안은 변경될 일이 없었다.

"그럽시다!"

"이거 술이 모자라는 것 아닌지 모르겠습니다."

생각보다 쉽게 임달수가 호응을 하자 당철용과 이정문의 표정에도 화색이 돌았다.

'멍청한 새끼. 네놈에게 떼어줄 강남땅은 없다. 크크.'

당철용에게도 임달수는 두려운 존재였다.

현재도 강남에서 가장 위협적인 조직으로 생각하는 인천 달수파.

손속이 잔혹한 것은 둘째치고 한 번 문 것은 절대 놓지 않은 질긴 놈이 바로 임달수였다.

이렇게 호락호락하게 자신이 계획한 대로 수긍할 거라고 미처 생각지 못했다.

사철파가 무너지면 곧장 달수파를 견제하기로 이정문과 밀약이 돼 있었다.

달수파가 강남에 발을 들이는 순간 뒤통수를 치는 것이다.

"건배!"

팅!

팅팅.

짧게 건배사가 오갔고 이어 술잔을 부딪쳤다.

꿀꺽!

"크으……."

"큼."

단숨에 잔을 비워내는 3인의 보스.

파바밧.

그러나 감출 수 없는 그늘의 눈동자에서는 얼음보다 차가운 기운이 느껴졌다.

아무리 미사여구의 반질반질한 대화를 주고받는다 해도 화합할 수 없는 관계에 있는 인물들이었다.

마치 차가운 물속의 기름방울처럼.

오늘은 목적을 위해 뜨거운 물에 뛰어든 채 서로의 눈치를 살피고 있을 뿐이다.

취하고자 하는 것을 얻기 위해 의식을 치르는 중이었다.


"하하하하."

"한 잔 더하시죠~"

펜션 내부에서 새어나오는 걸걸하고 호탕한 웃음소리들.

"아따, 큰형님들 오늘 신 나부렀네."

"살다 보니께 이런 날도 있구만."

"저 새끼들은 언제 봤다고 실실 조동아리를 쪼개노?"

"참으라. 회장님 큰일 하시는 거 안 보이나."

펜션 입구를 중심으로 세 조직의 조직원이 끼리끼리 뭉쳐 경계를 하고 있었다.

언제든 부딪힐 수 있는 여지가 있기 때문에 긴장을 늦출 수 없었다.

서로가 서로를 경계하며 펜션을 주시하고 있었다.

까놓고 분위기는 좋지 않았다.

평소 어떻게든 상대 조직을 와해시키고 자신들의 조직을 키워내려 하는 심리를 품은 조직원들.

마주치기만 하면 아랫것들은 주먹부터 내질렀다.

다행히 관리 구역이 확실하게 구분돼 있어 큰일은 벌어지지 않았다.

하지만 실수로라도 타 조직 나와바리에 들어갔다가는 피를 보게 되는 일이 벌어졌다.

그런데 오늘 세 곳의 제직이 한자리에 모였다.

"형님, 이쪽을 야리는데요."

"놔둬, 촌놈들 눈깔은 원래 저래."

"강동파 애들 언제 한번 제대로 정리해야 할 것 같습니다."

"맞습니다, 형님. 얌전히 고기나 잡고 레지들 엉덩이나 만질 것이지, 촌것들이 올라와서 서울물만 흐리고 있지 않습니까."

"크크, 쟤들이라고 꿈이 없겠냐. 넓은 아량으로 품어라."

"……."

"네, 형님!"

슬슬 도발의 기미를 보이는 강동파 분위기를 부시하는 다산파 조직원들.

"생각보다 인천 애들은 조용합니다."

"조심해라. 쟤들은 요즘 칼 안 들고 다닌다. 알지? 두두 두두두."

"짱개들하고 어울리더니 이제 눈에 뵈는 게 없나 봅니다."

"인천 앞바다가 많이 오염됐더라. 그 물 먹고 살다 보니 그렇게 된 거 아니겠냐."

"흐흐흐, 그것도 맞는 말씀입니다."

시커먼 양복 일색으로 차려 입은 조직원들.

유니폼도 아니고 개성없이 무리지어 서 있었다.

각 조직의 핵심 행동대원들 위주로 자신들의 보스를 보호하기 위해 동행한 자들이었다.

약간씩의 차이는 있었지만 조직 운영에 있어서 반드시 필요한 인재들.

2인자급에는 미치지 못하지만 평소에도 보스를 따라다

니며 경호하는 핵심 인물들이다.

무술 유단자를 떠나서 일단 칼빵에 전혀 두려움이 없는 깡다구로 뭉쳐 있었다.

휘익.

턱!

"악!"

"뭐, 뭐야!"

삼삼오오 모여 말장난을 하고 있던 다산파 조직원 한 명이 소리쳤다.

앞통수에 뭔가 날아와 제대로 피를 튀겼다.

"피, 피다!"

"쌍! 어떤 새끼야!"

"강, 강동파 쪽에서 날아왔습니다!"

"저 새끼들이 미쳤나!"

이미 어둠이 짙게 깔려 가로등이 서 있지 않은 곳은 사물을 분간하기도 어려운 펜션 주변.

그만큼 민가와 거리가 있어 꽤 외진 위치이기도 했다.

산자락과 바다가 접해 있어 듬성듬성 가로등이 서 있다 해도 불빛은 멀리 가지 못하고 바로 아래만 겨우 비쳤다.

주변 환경이 이런 상황에서 짱돌은 분명 강동파 조직원들이 서성이는 곳으로부터 날아왔다.

그것도 다산파 조직원의 앞통수를 정확하게 겨냥한 듯
제대로 찍었다.

"뭣이여? 지금 우리 보고 미쳤다고 한 거여?"

"이곳들이 눈깔을 어따 박고 다니는디 시비여?"

강동파 행동 조직원들 대부분이 전라도 쪽 출신들이었
다.

이정문 회장이 대전 오방파를 배경으로 삼았지만 호위
핵심 조직원들은 전라도 출신으로 채웠다.

반절 이상이 전라도 출신일 정도로 실력이 뛰어나고 깡
이 좋았다.

그리고 의리에 죽고 못 사는 성질들 때문에 물불 가리지
않고 편을 드는 성질이 있었다.

휙!

퍼억!

"크아악!"

"누구야!"

"어떤 새끼야!"

"혀, 형님. 저쪽에서 날아왔습니다!"

조직원 중 한 명이 달수파 쪽을 향해 손가락을 폈다.

"뭐라고!"

달수파는 강동파의 시비에 살벌한 분위기를 연출하고 있

었다.

그사이 느닷없이 다산파 쪽으로 날아든 짱돌 하나.

이번에는 달수파 쪽에서 다산파 쪽으로 날아들었다.

달수파와 강동파의 분위기를 살피던 다산파 조직원 한 명이 정통으로 코를 얻어맞고 쌍코피를 터뜨렸다.

"야! 이 새끼들 미쳤어! 어디다 짱돌질이야!"

다산파 행동대장 이만동이 어둠 속에서 인상을 쓰며 삿대질을 날렸다.

"무슨 개소리야! 우리가 뭘 어쨌다고 쌍소리야!"

한쪽에 조용히 서성이던 달수파 조직원들이 즉각 반응했다.

펜션 안에서 보스들이 술자리를 갖는 것과 상관없이 젊은 피가 흐르는 행동대원들은 차고 넘치는 에너지를 방출하지 못해 안달이 나 있는 상황이었다.

"야이 개새끼들아! 니들 아니면 누가 우리 애들한테 돌을 던져!!"

달수파 쪽에서 급기야 다산파를 향해 욕설을 퍼부었다.

"안 던졌다니까! 이 미친 새끼야! 귓구멍이 먹었냐?"

다산파는 강동파 쪽에서 거는 시비도 기분이 나쁜데 달수파까지 합세하자 꼭지가 돌기 시작했다.

"뭐, 뭐라고!"

"쌍, 우리 형님한테 감히 주둥이를 눌려! 너 이 새끼들 조져줄까!"

"푸하하하하. 같잖은 것들이 설치기는! 짠 내 난다, 새끼들아. 그만 깝쳐!"

"뭐 임마! 너 이리 와, 개새끼야! 짠맛 한번 보여줄 테니까 기다려 새끼."

"간다, 이 씨벌놈아!"

순식간에 분위기가 살벌하게 달아올랐다.

모르긴 몰라도 다산파를 향한 도발이 일어나고 있었다.

별일 아닐 수 있었지만 자존심이 걸린 문제였다.

여기서 쫄거나 밀리면 조직원들 사이에 길이남을 쪽팔림이었다.

그런 사실을 잘 아는 이들로서는 한 치도 물러설 수 없었다.

"뭐야? 왜 이렇게 시끄러워!"

"이 전무, 지금 뭐하는 건가?"

그때 펜션 테라스 쪽 문이 열리면서 3인의 조직 보스가 모습을 보였다.

짧은 비명과 오가는 거친 소리 때문에 얼굴을 내보인 것이다.

3인의 얼굴에 언짢은 기색이 역력했다.

"회장님, 달수파와 강동파 애들이 짱돌을 날려 경식이랑 형만이가 피를 봤습니다."

이만동은 당철용이 다짜고짜 자신을 나무라자 억울한 듯 입을 열었다.

"뭐라고?"

"쟤들 말이 사실이야?"

"최 부장, 무슨 말이야, 이게."

당철용의 인상이 일순간 일그러지자 이정문과 임달수가 조직원들을 채근하며 확인에 들어갔다.

"아닙니다, 회장님. 절대 저희가 던진 것이 아닙니다. 억울합니다."

"우리 애들도 아닙니다!"

아닌 밤중에 홍두깨 신세로 전락한 강동파와 달수파 조직 중간 책임자가 당황하며 적극 부정했다.

"……."

"거참 귀신에 홀린 것도 아니고. 그럼 뭐하자는 건가."

두 조직원들이 극구 부정하자 당철용은 쓴 입맛만 다셨다.

화기애애한 분위기에서 마지막 안건을 논의하고 있었다.

그것도 가장 중요한 사철파 관할 구역 분할에 관한 합의.

얘기가 거의 마무리되어 자리가 끝나가고 있었다.

사철파를 치기 위한 디데이만 정하면 그만 일어나려 하고 있었는데 일이 터진 것이다.

"어떤 새끼가 장난한 거야! 똑바로 말해!"

3인 중에서도 성질 급한 임달수가 방 안에서 당한 수모를 분노로 폭발시켰다.

"……."

그러나 그 누구도 입을 열지 않았다.

변명을 하는 자도 없었다.

"당 회장님, 애들끼리 잠시 부딪친 것 같습니다만."

이정문이 수습에 나섰다.

괜히 여기서 시시비비를 가려봐야 일만 커지고 서로 불리하다는 사실을 잘 알았다.

짱돌을 던진 놈을 찾아내면 반드시 보복이 뒤따라야 한다.

일이 그렇게 되어서는 안 되었다.

오늘 이 자리에서 만나 논의한 안건들이 다 무의미해졌다.

"병신 같은 놈들……. 칠칠지 못하게 얻어맞어……."

당철용의 눈빛이 예사롭지 않게 다산파 조직원들을 훑었다.

세 조직이 모인 자리에서 다산파 아이들만 머리통이 깨

진 것에 분이 난 것이다.

"어떤 놈인지 몰라도 잡히기만 하면 대갈통을 박살 내놓겠습니다."

임달수가 참았던 분노를 드러내자 살기 가득한 눈빛으로 돌변했다.

인천을 피바다로 만들고 난 뒤 조직을 접수한 장본인다웠다.

휘이익.

퍼억! 퍼버벅.

"끄악!"

"으악!"

"켁!"

보스들의 말에 긴장한 채 서 있던 조직원들의 뒤통수를 향해 날아든 몇 개의 짱돌.

부지불식간에 머리통이 깨져 피가 터졌다.

각각 조직원들이 무작위로 당한 상황.

머리통을 부여잡고 바닥에 주저앉았다.

"……!!"

"누, 누구야!!!"

터더덕.

일순간 심상치 않은 기운이 펜션 앞마당을 엄습했다.

사방을 경계하며 뒤돌아 어둠 속을 응시하는 조직원들.

자신들의 보스를 보호하기 위해 본능적으로 몸이 움직였다.

차자장.

그리고 품에 숨겨온 사시미를 꺼내 드는 조직원도 보였다.

"나와! 어떤 새끼가 장난질이야!"

짧게 술렁였던 끝에 어둠 속을 향해 임달수가 큰 소리를 쳤다.

철썩 철썩.

휘리리리리링.

그러나 들려온 것은 밀물을 타고 들어오는 파도 소리.

주변 해안가의 나무들을 흔드는 바람소리와 뒤를 잇는 침묵뿐이었다.

"후후……."

그리고 흐릿하게 떨어져 내리는 가로등 불빛 아래로 한 남자가 모습을 보였다.

차가운 비웃음 소리가 일순간 조직원들 틈으로 파고들었다.

제법 큰 키에 추리닝 차림.

손에 몽둥이를 들고 나타난 불청객이었다.

얼굴은 알아볼 수 없었다.

불빛에 희번덕거리며 반짝이는 마스크를 썼다.

그것도 유치한 나비 모양의 마스크.

"……??"

순간 긴장감이 감돌았던 3인의 보스와 조직원들 얼굴은 어이없는 표정으로 바뀌었다.

국내에서 내로라하는 조직 세 곳이 한꺼번에 모인 자리.

들개 한 마리 정도 때려잡기 좋은 몽둥이를 들고 같잖은 모습으로 서 있는 또라이와 마주하게 된 상황이었다.

"너, 너 뭐야!"

어처구니없다는 표정의 임달수가 정신을 차리고 정체를 물었다.

"지옥 18코스 안내를 위해 온 염라국 소속 조교다."

"뭐, 뭐라고?"

"못 들었냐? 니들 조지러 왔다고."

"저 미친 새끼가 여기가 어디라고!"

"염라국 조교?"

"뭐야? 완전 또라인데?"

"이 동네 정신병자 아니야?"

갑자기 조직원들이 웅성거리기 시작했다.

장난이라고 하기에는 뇌가 없는 놈이나 할 짓이었다.

하지만 또 다른 조직원들은 분노를 참지 못하고 으르렁 거렸다.

아무리 봐도 제정신이 아니고서는 저 꼬라지로 싸움을 걸 인간은 없었다.

사방을 둘러봐도 가로등 옆에 멀쩡하게 서 있는 병신 혼자였다.

"네가 던졌나?"

구경거리가 어느 쪽이 되고 있는지 헷갈리는 상황.

당철용이 담담하게 질문을 던졌다.

"그래, 내가 던졌다."

간을 어딘가에 빼놓고 오지 않고서야 감히 당철용에게 저따위로 대꾸할 사람은 없다.

다산파 보스 당철용.

"미친놈……."

"완전 빙신 새끼 아이가."

"여 물 개안네."

"완전 코미디다, 코미디."

급기야 사미미를 꺼내 들었던 조직원들은 다시 품에 사시미를 챙겨 넣으며 욕설을 내뱉었다.

어이없어 흘러나오는 말들이 들리지 않을 만큼 조용히 주변에 번졌다.

"병~ 신~ 들~"

나비 마스크를 뒤집어쓴 정신 빠진 놈의 목소리가 썰물로 파도 소리가 멀어지는 순간 조직원들의 귓속을 파고들었다.

"뭐해! 저 새끼 담가!"

"넵!"

순식간에 임달수의 지시가 떨어졌다.

꼭지가 돌아버린 임달수.

"이 개또라이 새끼 기다리라!"

"쌍!"

달수파 조직원 두 명이 번개처럼 튀어나갔다.

휘이익.

주먹 하나면 한 방에 머리통을 박살 내는 실력 좋은 조직원들이었다.

또라이가 들고 있는 몽둥이쯤 주먹 한 방에 박살이 나고도 남았다.

힘껏 주먹을 움켜쥔 채 미친놈의 머리통을 향해 힘껏 휘둘렀다.

쇄앳!

퍽! 퍼억!

"헛!"

"……!!"

그러나,

들려온 것은 짧고 굵은 파열음에 섞인 비명 소리.

그리고 곧장 튕겨 나와 바닥에 내던져진 조직원들의 몸뚱이.

그 모습을 두 눈으로 확인한 많은 조직원들과 3인의 보스.

눈알이 곧 튀어나올 만큼 커졌다.

몇몇 조직원들은 자신들도 모르게 몇 발자국 뒤로 물러서기도 했다.

보면서도 믿기지 않는 광경.

호기롭게 뛰쳐나갔던 달수파의 실력있는 조직원.

몸뚱이를 반으로 접은 채 바닥을 뒹굴며 게거품을 게워내고 있다.

온몸을 바들바들 떤 채 사지를 펴지 못하고 웅크린 채 말이다.

제10장
무덤을 파는 놈들

마스터K

'헉!'

미치지 않고서는 불가능했다.

그것도 대한민국 일급 조직원 70여 명을 혼자 상대하는 일이다.

어린 나이에 그럴싸한 영화나 만화를 너무 많이 본 것이 틀림없다.

이영식 회장의 지시에 따라 녀석을 이곳으로 안내했지만 강 부장의 마음은 착착하고 무거웠다.

죽을 자리임을 알고도 들어가는 젊디젊은 청년을 보고

있자니 그 기세가 아까웠다.

미안함이 강하게 강 부장의 심장을 짓누르고 있었다.

강 부장은 혼자 70여 명을 상대하겠다고 말한 녀석의 뒤를 따라올 수밖에 없었다.

따로 지시가 있기 전에는 도울 수도 없었다.

그렇다고 같이 개죽음을 당할 수도 없다.

일이 끝나면 놈들이 녀석을 처리할 것이고 그때 주검이라도 찾아가는 길을 닦아주려 했다.

그런데,

쇄앳!

퍽!

퍼억!

무섭게 몸을 날려 녀석을 향해 돌진하던 달수파 조직원 두 명이 뻗어 버렸다.

어떻게 당한 건지 알 수가 없었다.

이미 눈 깜짝할 사이에 땅바닥에 내동댕이쳐져 있었다.

비명을 토할 새도 없이 가차 없이 공격을 가한 것이다.

'뭐, 뭐야?'

녀석과의 거리를 유지하며 어둠에 잠긴 나무 뒤에 몸을 숨기고 있던 강 부장.

지켜보던 광경에 놀라 말문이 막혔다.

거리는 약 50미터 정도.

펜션 마당 주변으로는 가로등이 제법 서 있어 밝았지만 상황은 자세히 확인할 수 없었다.

"너, 너 이 새끼. 정체가 뭐야!"

임달수다.

익히 얼굴을 알고 있는 달수파 우두머리 임달수가 손가락질을 하며 녀석의 정체를 물었다.

"당신이 임달수? 이름도 꽤 촌스러운데 생긴 것도 촌스럽군. 조직 간판이 달수파가 뭐야? 21세기 최첨단 시대에 어울리게 비전파, 럭키파. 이렇게 팍팍 귀에 붙는 간판 좋잖아. 촌스럽게 달수파가 뭐야. 쯧쯧."

강 부장은 자신의 귀를 의심했다.

녀석이 임달수의 신경을 슬슬 건들며 약을 올리는 말이 선명하게 들렸다.

"뭐, 뭐 이 새끼야!!!"

그렇지 않아도 사나운 개로 악명을 떨치던 임달수.

요즘 들어 더 난폭해졌다는 소문이 돌고 있었다.

그런 임달수의 목소리가 격하게 높아졌다.

그렇지 않아도 최근 조직원들 사이에서 조직의 이름을 바꾸자는 의견이 분분해 고민하고 있다던 달수파.

그런 사실을 알고 그랬는지는 모르지만 제대로 임달수의

얼굴에 똥칠을 한 셈이었다.

'멋진 놈이군.'

오늘이 마지막 밤이 될지도 모르는 처지에 상황극을 제
대로 연출해 내고 있었다.

모름지기 무덤을 파도 녀석만큼 깊숙이 파고 드러눕는
게 멋있는 죽음이었다.

대한민국에 어느 누가 있어 인천 달수파 보스를 이렇게
우스운 꼴로 만들 수 있겠는가.

여러 조직들 중에서도 가장 치졸하고 더러운 방법들로
세를 확장하는 달수파.

그 방면에 있어서도 검찰이나 경찰을 막론하고 꼬리를
말았을 정도다.

괜한 시비거리로 일을 만들었다가 이자까지 붙은 보복만
당하기 일쑤였다.

대낮에 눈 뜨고도 당하는 게 달수파의 치사한 복수였다.

겁을 상실한 임달수는 혈기 넘치는 놈들로만 골라 경찰
이나 검찰 일가에게 위해를 가한 인물이기도 하다.

이유는 조직에 해를 입혔다는 것.

정당한 이유로 시민들의 안녕을 책임지겠다고 달수파를
건드린 게 임달수에게는 조직에 해를 입힌 행위로 접수된
것이다.

잔챙이들 몇이 붙들려 갔지만 처벌을 할 수 없는 게 다반사.

독하기로 이름을 떨친 달수파의 똘마니들은 절대 그 어떤 경우에도 상부 조직을 불지 않기로 유명했다.

결국 당한 놈만 병신이 되었다.

그런데 오늘 제대로 입장이 바뀌었다.

임달수가 아닌 밤에 테러를 당한 것이다.

"밤도 늦었는데 어떻게 할까요? 일인분씩 돌릴까요, 아니면 뷔페로 돌릴까요? 메뉴 선택 기회를 드리죠."

'……'

"이런 쉽쉐끼가 대가리에 구멍이 났나."

"저 쉐끼 주둥아리 찢어부러~!"

"뚜껑 열어버려!"

너 나 할 것 없이 다산파 조직원들의 눈에 살기가 번득였다.

대부분 연장질 최선방에 서서 피맛 좀 봤던 놈들이다.

멀리서도 봐도 뿜어져 나오는 살기가 강 부장에게까지 전해지는 것 같았다.

'제대로 돌았군.'

이건 간이 큰 것을 떠나 간이 없는 것에 가까웠다.

붓고 자시고 할 간이 없는 것이다.

할 수 없는 것은 아무것도 없었다.

다만 다음 상황을 지켜볼 수밖에.

아무리 봐도 영화 따위를 너무 많이 본 것이 분명한 녀석이다.

18대 1로 싸우는 조직들의 싸움.

현실은 70대 1이다.

"모가지부터 따버려!"

"확실히 모셔라!!"

"뭣들 해! 저 새끼 잡아!!"

급기야 3인의 보스 입에서 살인 명령이 떨어졌다.

"넵!!!"

"죽여!!!"

"이리 와, 쓰벌룸!"

파바밧.

우르르르르.

품에 집어넣었던 연장을 다시 뽑아 든 조직원들.

그리고 맨주먹을 쥐고 달려 나가는 조직원들.

한꺼번에 10여 명의 다산파 조직원이 몸을 날렸다.

"덤벼! 날치들. 푸하하하."

굵직한 생각나무를 꺾어 만든 몽둥이를 들고 웃음을 터뜨리는 강민.

'이 자리에서 목숨 부지하면… 형님으로 모시마.'

어이없지만 폭력 현장의 극치를 보여주는 결투가 될 현장.

강성식은 강민의 배포에서 내심 주먹계의 전설 시라소니의 재림을 기대했다.

물론 불가능하겠지만 상상이라도 해보고 싶었다.

부우웅.

그때 눈앞에 펼쳐진 광경.

공중을 가볍게 날아오르며 발차기로 후려치는 강민의 모습은 시라소니를 능가하는 모습.

현장을 바라보는 강 부장의 두 주먹에 힘이 불끈 들어갔다.

두 눈 똑바로 뜨고 지켜보는 일밖에 할 일이 없었다.


'저 새끼는 또 뭐야?'

오늘따라 계속 비위가 뒤틀리는 일이 연달아 꼬리를 잇고 있었다.

임달수의 얼굴이 일그러졌다.

당철용의 수작에 이정문까지 구역 찢어먹기에 끼어들었다.

어쩔 수 없이 긍적적인 입장을 취했지만 심기가 불편한 것까지는 어쩌지 못했다.

그렇잖아도 신경이 곤두서 있는데 난데없이 애송이까지 나타나 설치고 있다.

건방지게 이름까지 정확하게 지명하는 것을 보면 자신을 겨냥하고 이 자리에 나타난 것이다.

애송이 주제에 겁없이 왔을 때는 뒤에 보낸 자가 있다는 것.

대가리가 온전한 놈은 아닌 것으로 보였다.

다른 자리도 아니고 대한민국에 날고 긴다는 조직원들이 한자리에 모인 장소다.

조직원 두 명 정도 가볍게 쓰러뜨릴 수 있다고 보았다.

그런 배짱도 없이 무덤 팔 자리에 얼굴을 들이밀 자는 없을 테니 말이다.

같잖은 몽둥이 한 자루 들고 서 있는 폼이 아직 겁없는 젊은 놈이 분명하다.

객기에 한두 번 저렇게 까불어 대던 놈들이 대부분 조직의 일원으로 흡수되는 것을 많이 봐왔다.

그래도 칼자루 하나 정도는 들었어야 그림이 되는데 말이다.

임달수는 어이가 없었다.

두 명 조지는 것은 그렇다치지만 다구리에는 장사가 없다는 사실.

쇄애애앳.

퍼억!

"켁!"

삐거걱!

"아아악!"

"……!!"

하지만 임달수의 예상과 다르게 벌어지는 광경.

눈앞에서 벌어지는 상황에 임달수의 안색이 불쾌감으로 딱딱하게 굳어갔다.

내달린 조직원들이 바닷바람에 날려 떨어지는 추풍낙엽처럼 뒹굴었다.

그뿐인가.

몽둥이 몇 대에 피가 터지고 다리가 부러져 나자빠졌다.

사시미 따위는 휘둘러 보지도 못한 채 깨끗하게 땅에 떨어져 내리거나 손에 쥔 채 뒹굴었다.

그것도 한두 명이 아닌 조직원들이 대가리가 깨지거나 어깨를 부여잡고 주저앉았다.

빠각!

"으아악!"

10여 명의 조직원이 달려들었다.

순식간에 휩쓸렸다.

바닥에 드러누워 널브러지는 꼴을 임달수는 두 눈으로 직접 목격하고 있었다.

주둥이로 피를 쏟아내는 놈들까지 있는 것으로 보아 충

격의 강도가 큰 것으로 보였다.

"으으……."

"……."

나머지 조직의 무리 사이에서 신음이 흘러나왔다.

이런 경우는 그들도 처음 목격하는 바였다.

그럴싸한 조폭 영화에서 짜고 치는 연출에서나 볼 수 있는 광경이지, 현실에서는 불가능한 그림이었다.

말이 쉬워 일 대 다수로 쌈질해 이겼다고 하지, 보통 한 사람이 건장한 청년 한두 명 상대하는 건 힘들었다.

보통 사람들도 그럴진대 여긴 전문 싸움꾼들이 모인 자리였다.

머리 하나하나가 각종 살인병기나 다름없는 조직의 핵심 요원들이라 해도 과언이 아니었다.

아무리 공수부대 출신이라 해도 눈도 깜짝하지 않고 사시미를 쑤셔대던 인물들이다.

그런데 그들 입에서 신음이 흘러나오고 웅성거림이 일고 있었다.

이미 기세에 눌린 것이다.

임달수는 배알이 뒤틀리는 것을 느꼈다.

쾌걸 조로 흉내를 내고 있는 듯 조잡한 마스크까지 쓰고 설치고 있는 야밤의 불청객.

툭툭.

척 봐도 거친 나무 몽둥이로 흙바닥을 치며 불빛 아래 모여 있는 조직원들을 정면으로 노려보았다.

"많이 아플 거다. 막 꺾은 물건이라 낭창낭창 물이 차 있거든."

바닥을 때리던 몽둥이를 들어 올려 나머지 손바닥에 올려놓고 만지작거리며 애송이가 말했다.

"한 번 맞으면 몸에 착 감기는 게 아주 짜르르한 고통이 온몸에 전해지지. 크크."

애송이의 목소리에서 들리는 비릿한 농락은 조직원들에게 익숙한 것들이었다.

사람들을 끌고 와 조질 때 몇 번씩은 써먹었던 방법.

표정을 읽을 수는 없었지만 마스크 안의 모습을 짐작하고도 남았다.

살살 약을 올렸다.

그러나 듬성듬성 모여 있는 조직원들 중 그 누구 하나 선불리 입을 놀리지는 못했다.

조금 전까지만 해도 사시미를 들고 회쳐 먹을 것처럼 떠들어대던 장본인들이 애송이의 발밑에 나뒹굴고 있는 상황.

눈으로 그 광경을 마주하고 있는 한 생각처럼 입이 떨어지지 않았던 것이다.

겨우 몽둥이 한 번 휘둘렀을 뿐인데 사지가 기형적으로 꺾인 채 고꾸라져 있는 조직원들의 처참한 꼴.

차라리 닥치는 대로 치고 박아 피를 보는 게 덜 공포스러웠다.

육체적 고통에 있어서는 목숨을 걸고 훈련을 받은 만큼 기죽지 않았다.

"네, 네놈 정체가 뭐냐!"

수하들이 몸부림치는 것을 보고 서 있던 임달수가 이를 갈며 내질렀다.

"여여~ 맨날 고기만 쳐드시니 귀에 돼지기름이 찬 것 아냐. 몇 번을 말해야 알아들어? 벌써 치매라도 오셨나. 염라국 조교라고~"

아직도 비아냥거리며 말도 안 되는 소리를 지껄이는 놈.

"건방진 새끼……."

으드득.

평소 점잔을 빼고 화를 잘 내지 않던 이정문의 입에서 한마디가 새어나왔다.

"건방져? 내가? 와아~ 당신들 참 성격 이상하네. 평소 당신들 사람 대하는 거 이렇잖아. 읊어줘? 협박, 폭행, 강간, 고리이자, 마약. 더 해? 부도덕한 사회 이권 따낼 때 딱 이럴 텐데~"

"······.'"

뭔가 계획적으로 목적을 두고 찾아온 놈이 분명한 발언.

놈의 목소리에 사람 속을 뒤집는 비아냥거림이 더 진득하게 배어 있어 모두의 귓구멍에 생생하게 파고들었다.

"여기 그런 놈 없으면 손 들어. 기꺼이 존중할 의사가 있으니까."

말투부터 행동까지 장난을 치듯 건방을 떨고 있었다.

이 상황이 어떤 상황인지 감을 잡기가 힘든 조직원들로서는 3인의 보스가 어떻게 나오는지가 중요했다.

덜떨어진 놈의 말처럼 평소 조직원들의 생활이 사실 그랬기 때문에 달리 대꾸할 말이 없었다.

"없네? 성격들은 쿨하네. 인정할 건 인정하고 받아들일 건 받아들이고. 사람답게 살다 갑시다들."

들리는 음성으로 봐서 분명 대가리에 피도 마르지 않은 젊은 놈이다.

임달수는 한자리에 모인 조직원들을 앞에 두고도 건방을 떨고 있는 애송이의 정체가 더욱 궁금했다.

이런 모욕은 처음 당했다.

감히 공권력도 함부로 대형 조직을 이렇게 개무시하지 못한다.

"부모님이 걱정 안 하나? 낳기는 사람으로 낳았는데 살기는 집 나간 똥개처럼 막 살고 있는 건 알고?"

급기야 똥개 취급을 하고 있었다.

막장을 보자고 덤비는 놈들 앞에서는 제대로 맛을 보여 줘야 한다는 주의를 갖고 있는 임달수.

차라리 이제는 낯빛이 편해지고 있었다.

"후후, 가죽 벗겨서 소주 한 잔 뿌려주마. 그때도 그 아가 리 놀릴 수 있으면… 기꺼이 숨은 붙어 있게 해주마."

대신 당철용의 눈빛이 악독하게 찬기를 풍겼다.

더 이상 말이 필요없는 순간을 맞고 있었다.

"가서 벗겨!!"

"넵! 회장님!"

당철용의 말에 다산파의 숨은 병기 다섯 명이 앞으로 나 왔다.

스릉.

아니나 다를까, 품에서 40센티미터가량 돼 보이는 사시 미를 꺼내 들었다.

스스슷.

움직이는 자세부터가 남달랐다.

앞으로 찔러대며 달려들던 달수파의 조직원들과는 차원 이 다른 움직임.

제대로 훈련을 받은 듯 특전사 대원 못지않은 각과 발걸음 손놀림 등이 지켜보는 시선들을 압도했다.

천천히 넓게 퍼지며 놈을 포위해 들어갔다.

좌우의 움직임이 거의 없는 상황에서 촘촘한 그물처럼 압축해 들어가는 그들의 모습은 보는 것만으로 공포를 자아냈다.

번쩍번쩍.

희미하게 쏟아져 내리는 가로등 불빛에 긴 사시미의 시퍼런 광채가 일렁였다.

칼날은 날카로움을 떠나 하나의 가는 줄처럼 보이는 것이 간담을 서늘하게 할 정도로 살기가 가득했다.

"폼 좋네. 똥 폼 그만 잡고 와라."

한 발 한 발 옮기는 조직원들을 마주한 채 몽둥이를 다시 땅에 찍으며 여유를 부리는 놈.

"탓!"

"하압!"

한 차례 기합을 내지른 조직원들은 사방에서 사시미를 찔러 들어갔다.

피할 곳은 없었다.

사시미 길이도 길이였고, 포위한 상태가 완벽하다 할 만한 합공이었다.

기합 소리가 끝나기 무섭게 놈의 목과 가슴, 배, 사지를 정확하게 겨냥해 찔렀다.

자세와 움직임이 한두 번 작업한 솜씨들이 아니었다.

"병~ 신~ 들~"

투웅!

찰나의 순간이었다.

놈이 조직원들을 향해 병신들 하고 한마디 뱉고는 몸이
땅에 지탱한 몽둥이를 짚고 한 바퀴 돌며 공중에 다시 바로
섰다.

내달리는 힘에 반동으로 도약한 것도 아니었다.

서 있던 자리에서 그대로 가볍게 허공으로 몸이 떠올랐다.

사사삿!

삽시간에 목표물을 잃은 사시미가 허공을 찌르고 나갔다.

"……!!"

시야에서 벗어난 목표물을 쫓아 머리 위를 향해 고개를
쳐든 다산파의 조직원들.

닭 쫓던 개 신세 꼴이 따로 없었다.

쇄애앳.

그런 그들의 귓가에 일순간 공간을 가르는 바람 소리가
스쳤다.

뻐어억!

뻐버버벅!

"컥!"

"크아아아아악!"

거의 동시다발적으로 벌어진 일이다.

아갈통을 갈긴 발길질은 맹렬한 기세로 다시 턱을 걸어
찼다.

그 바람에 두 명의 조직원 목이 돌아가며 나가떨어졌다.

곧바로 나머지 조직원들의 등골이 부러져 나가고 어깨가
빠졌다.

쉴 새 없이 더해지는 몽둥이 찜질.

콰다다다당.

"으아악! 으아아아아아악!"

"크아아아아아악!"

지켜보던 조직원들은 우왕좌왕하는 움직임을 보였다.

척 봐도 덜렁거리는 팔과 다리는 이미 부러져 따로 놀았
고 바닥을 뒹구는 조직원들은 제정신이 아니었다.

저 정도면 중상이다.

입원 치료는 기본이고 몇 달 요양을 해야 할 정도로 요절
이 난 상태다.

"뭣들 해! 조져! 조지라고오오오오오오!"

주저치 않고 달수과 조직원들을 향해 명령을 내리는 임
달수.

"주, 죽어!!!"

"으아아아아아!"

한패거리는 아니었지만 같은 바닥에서 먹고사는 조직원들이 당하는 꼴을 보고 분노를 일으키는 달수파.

나가떨어지는 모습에 주춤거릴 만도 한데 눈알이 뒤집힌 채 내달려 나갔다.

"덤벼 덤벼! 주먹들이 완전 폭탄 세일이네~ 하하 하하하."

마스크를 쓰고 까부는 놈의 얼굴을 확인할 길은 없지만 음색이 분명 어린놈임에 분명했다.

겁없이 혈투를 벌인 놈은 광소를 터뜨렸다.

전쟁터처럼 뒤섞인 혈투의 현장은 일방적인 집단 폭행이 이루어지고 있었다.

휘이익!

퍼어억!

우두두둑.

낭창낭창 휘둘리는 몽둥이로 복날 개잡듯 후려 패는 놈.

우습잖은 나비 가면을 쓴 채 야밤 잔인한 몽둥이 춤을 추고 있었다.

단 한 놈을 향한 집단적인 살기가 마치 살육장을 방불케 했다.

가로등 불빛마저 핏빛으로 물드는 밤.

쐐애애애애앳.

몽둥이 휘둘리는 소리가 바닷바람을 타고 흘렀다.

밤공기마저 비명을 지르며 찢어지는 혈투의 시간이 벌어
지고 있었다.


'고, 고수다!'

좁은 뒷골목에서 잔뼈가 굵은 임달수 이마에도 식은땀이
흘렀다.

이건 일방적인 싸움이 되고 있는 상황.

깡패들 싸움 기술과 차원이 달랐다.

1년 이상 합숙 훈련을 해 실전에 배치하는 조직원들.

그중에서도 목 따는 일이라면 최고로 손꼽히던 핵심 맴
버들만 데리고 온 자리였다.

하지만 맥을 못 추고 있다.

정신없이 눈앞을 스치는 놈의 몽둥이 기술.

눈을 뜬 채 쫓아도 놓치기 일쑤일 정도로 쾌속하고 강력
했다.

어떤 식으로든 손이 무거운 조직원들이 따라갈 수 없는
파워와 스피드다.

몽둥이와는 비교도 안 될 만큼 위험한 무기가 사시미.

제 연장 쇠망치를 챙긴 조직원도 몇 명 보였다.

그러나 밀리고 있었다.

태반은 이미 박살이 난 채 땅바닥을 뒹구는 처지다.

"어, 어디서 저런 새끼가 굴러온 거야."

"저, 전설의 시라소니 같습니다……."

넋을 놓은 채 조직원들과 한바탕 피바람을 일으키고 있는 놈을 지켜보던 3인의 보스.

입술을 비집고 탄식이 흘러나왔다.

조직의 잔혹함은 과거보다 더 치밀해졌지만 힘은 과거에 비해 퇴보했다.

주먹보다 칼, 칼보다 총을 쓰는 사이 조직원들의 기본 실력은 후퇴할 수밖에 없었다.

아무리 그렇다 해도 날고 긴다는 대한민국의 조직 서열 중 손에 꼽히는 자들이었다.

이건 당초에 싸움 상대가 되지 못하고 있었다.

근접한 거리까지 갔다가도 튕겨져 나왔다.

놈이 들고 설치는 몽둥이 길이만큼의 거리를 좁히지 못하고 얻어맞고 있었다.

맷집 강한 것만큼은 최고였던 조직원들도 몽둥이질 한 방에 가볍게 나가떨어졌다.

"안 되겠습니다. 이제 정리합시다."

"그럼……."

"뭣들 해. 쏴버려!"

"넵!!!"

"너희도 도와라."

"알겠습니다!"

국내에서는 웬만한 사건이 아니면 총기 사용을 자제하고 있었다.

한반도 자체가 분단 국가였기 때문에 섣불리 총기를 사용했다가는 봉변을 당했다.

그 어떤 사안보다도 총기 사용에 예민한 대한민국 정부와 국민들.

최선의 해결책인 것만은 분명했지만 조폭들도 생각 없이 총기를 꺼내 들지는 않았다.

그러나 오늘 이 자리는 예외가 됐다.

자칫 정체도 모르는 한 놈 때문에 조직원들을 모두 저승 길로 보낼 수도 있는 상황.

사삭.

3인의 보스 최근접한 거리에서 뒤를 지키던 10여 명의 조직원이 품에서 총기를 꺼냈다.

하나같이 소음기를 부착한 각종 권총들.

중국과 러시아를 통해 밀수입한 총기들이다.

조직원들은 총구를 한 사람을 향해 겨냥했다.

"이만하면 정신 차릴 만한데. 꺼져!"

이런 사실도 모른 채 놈은 계속해서 조직원들을 향해 몽둥이를 휘둘렀다.

"……."

한순간도 멈추지 않고 움직이는 바람에 조직원들은 초점 잡는 게 어려웠다.

"쏴버려!!!"

열이 오를 대로 오른 임달수가 버럭 소리를 질렀다.

이미 검은 눈동자가 뒤집어질 대로 뒤집어져 제정신이 아닌 상황.

철컥.

총을 겨냥한 조직원들이 방아쇠를 당겼다.

정확하게 놈을 겨냥했지만 분명 동료들을 쏠 수도 있었다.

남은 인원은 고작 20여 명이 다인 상황.

상황이 그렇게 된다고 해도 어쩔 수 없었다.

혈투극을 벌인 시간은 짧았고 바닥을 뒹구는 동료들의 수는 늘어만 갔다.

그들은 하나같이 뒤틀린 몸을 웅크리고 바닥을 기며 괴로워하고 있었다.

『마스터 K』 제17권에 계속…

# 수선경

작은 샘이 바다로 모여들 듯,
만류의 법이 하나로 회귀하듯,
다섯 개의 동경이 드디어 하나로 모인다.

검을 만드는 사람과
검을 쓰는 사람,
그리고 검을 버리는 사람의 이야기!

천명을 타고 태어난 **청풍**과 **강검산**
그리고 혈로를 걸어온 살수 **타유**,
그들이 다섯 줄기의 피의 숙명과 마주한다.

요람 新무협 판타지 소설
FANTASTIC ORIENTAL HEROES

귀환병사

국내 최대 장르문학 사이트를 휩쓴 화제작!
여름의 더위를 깨뜨리며 차가운 북방에서 그가 온다.

『귀환병사』

열다섯 나이에 북방으로 끌려갔던 사내, 진무린
십오 년의 징집을 마치고 돌아오다.

하지만 그를 기다린 것은 고아가 된 두 여동생, 어머니의 편지였다.
그리고 주어진 기연, 삼륜공……

"잃어버린 행복을 내 손으로 되찾겠다!"

진무린의 손에 들린 창이 다시금 활개친다.
그의 삶은 뜨거운 투쟁이다!

Book Publishing CHUNGEORAM

유행이 아닌 자유추구 -
WWW.chungeoram.com

FUSION FANTASTIC STORY

# HUNTER MOON

## 헌터 문

이훈 장편소설

보름달이 떠오르면 밤의 사냥이 시작된다.
**헌터문(Hunter-Moon), 사냥꾼의 달.**

귀제의 밤이 열리며 저물지 않는 달이 떠올랐다.
실체 없는 힘을 좇아 명맥을 이어온 퇴마사들.

이제 그들로 인해 세상이 뒤비꼰다.
[미녀들과 귀신 탐험대]의 사이비 퇴마사 **예용종**과
그의 가족들이 펼치는 좌충우돌 퇴마가.

**"퇴마사는 얼어 죽을! 그거 다 쇼야!"**
**"저기 하늘에 구멍이 뚫렸는데요?"**
**"으잉?"**

Book Publishing CHUNGEORAM

유행이 아닌 자유추구~
WWW.chungeoram.com

허담 판타지 소설

水仙經

수선경

작은 샘이 바다로 모여들 듯,
만류의 법이 하나로 회귀하듯,
다섯 개의 동경이 드디어 하나로 모인다.

검을 만드는 사람과
검을 쓰는 사람,
그리고 검을 버리는 사람의 이야기!

천명을 타고 태어난 **청풍**과 **강검산**
그리고 혈로를 걸어온 살수 **타유**,
그들이 다섯 줄기의 피의 숙명과 마주한다.

Book Publishing CHUNGEORAM